RDG2 レッドデータガール

はじめてのお化粧

荻原規子

角川文庫 17168

目次

前作
『ＲＤＧ　レッドデータガール　はじめてのお使い』のお話

山伏の修験場として世界遺産に認定される紀伊《きい》、玉倉《たまくら》神社に生まれ育った鈴原泉水子《すずはらいずみこ》は、一度も山から出たことがない中学三年生。しかし突然、父から東京の高校進学を薦められる。それには泉水子も知らない、自分の生い立ちや家系に関わる大きな理由があった。東京に住む母親に相談するため、初めて山を下り修学旅行に参加する泉水子だったが、恐るべき出来事が彼女を待っていた！

レッドデータブック

【英】Red Data Book　［略］RDB　［同義］RDB

絶滅のおそれのある野生生物の情報をとりまとめた本で、
国際自然保護連合（IUCN）が、1966年に初めて発行したもの。
IUCNから発行された初期のレッドデータブックは
ルーズリーフ形式のもので、もっとも危機的なランク（Endangered）
に選ばれた生物の解説は、赤い用紙に印刷されていた。

第一章　真《ま》響《ゆら》

一

最初にタクシーを降りたのは、鈴原大成《すずはらだいせい》だった。

三月下旬だが、車外の空気は冷たい。ソメイヨシノの細枝に葡萄茶《えびちゃ》色の蕾《つぼみ》が膨らんでいても、春先にはまだこういう寒空の日がある。大成はマフラーを巻きつけ、はずむ足取りで車を離れた。

紺ウールの羽織と着物のアンサンブルに、とぼけた丸メガネ、首にはパブリック・スクールめいた縞《しま》のマフラーという中年男性は、かなり目をひく存在だった。泉水子《いずみこ》は父のあとに続くのをためらって、末森佐和《すえもりさわ》が料金を払い終えるのを待つことにした。

大成は気にとめず、恰幅《かっぷく》のいい中年婦人の陰に隠れるように出てきた、おずおずした少女に笑いかけた。

「泉水子、とうとう来たね。ここが鳳城学園《ほうじょう》だよ」

大成の向こうには、開け放った錬鉄《れんてつ》製の門が見える。ゆるいスロープの舗装道路の先に、青灰色の壁をもつ建物群がある。ブリッジになった通路が建物をつないでいる。

黒いオーバーを着て赤いふちのメガネをかけた、長いお下げ髪の泉水子と、ツイードのスーツを着てブランドもののバッグを抱《かか》えた佐和が、頭をそろえてあたりの景色を見回した。鳳城学園のキャンパスは、葉を落とした木立の斜面にぐるりと囲まれていた。新宿から車に乗って一時間半走り続けると、こういう場所へ来るのだと、泉水子は思わず感心した。

佐和が先に口を開いた。

「ここ、本当に東京ですか。お隣の県まで来ちゃったかと思いましたよ」

「東京だよ、西のはじっこのほうだけどね。高尾山《たかおさん》の北側になるんだ。佐和さんも高尾山は知っているだろう」

「そりゃあ、修験《しゅげん》の山のひとつですからね」

大成に答えてから、佐和は泉水子を見やった。

「よかったじゃないですか、泉水子さん。思ったより自然の残っている場所で。話には聞いていても、東京なんて実際のところはわからないですからね」

「うん……ちょっとびっくり」

泉水子も小声で認めた。高層ビルの並ぶ灰色の街並みだけが東京ではなかったようだ。

もちろん、玉倉《たまくら》神社の清浄さとは比べものにならないが、木々に囲まれている安心感はここでもかすかに感じとれた。ひんやりした空気に、コンクリートで固めた場所にはない匂《にお》いがある。

紀伊《きい》山地から出てきた泉水子だが、中央部にある玉倉山は標高千メートルあったので、他人が思うほど暖地の育ちではなかった。冬枯れの木立もよく見慣れている。神社の立地ほど高所になると、紀伊半島であっても落葉樹が多く、ミカンが実る暖かさというわけにはいかないのだった。真冬になれば気温が零下になる日が何日も続き、山道が凍結して通れなくなる。泉水子はむしろ、東京育ちよりも寒さになじんでいるといってよかった。

「やっとわかってもらえたかな。お父さんが泉水子に、そんなに居心地の悪い学校をすすめるはずないじゃないか」

得意満面で大成は言った。

「ここならきっと、腰をすえて勉強することができるよ。環境がいいし、交通に困るほど奥まった場所でもない。鳳城学園は、外国人留学生も広く受け入れているんだよ。きっと、泉水子にも国際感覚が身につくよ」

たしかにそれは、泉水子が暮らした山中では経験しづらいことかもしれなかった。

「留学生って、どこから来るの？」

「いろいろだろう。アジアやオーストラリア、ヨーロッパ、アメリカ。海外からやって来る子に比べたら、泉水子が東京に出てきたことなど、ささいな生活の変化かもしれないよ」

泉水子が、どれほどの覚悟を決めて東京の学校へやって来たかを、知ってか知らずか、大成は気軽に言い添えた。

（……お父さんは気軽に、アメリカへ行って暮らしているものね）

こっそり思わずにいられなかった。シリコンバレーでIT企業に勤める大成は、生活スタイルの差を何ほどにも思わず、カリフォルニアでも快適に暮らしているらしい。しかし、彼の場合、周囲の目を気にしないだけだと言いたいむきもあった。

国内でさえ、和服姿の男性はめずらしい。東京ディズニーリゾートで遊べば、注目を浴びずにはすまされなかったが、本人はどこ吹く風だった。本場のディズニーランドへもその恰好《かっこう》で行ってきたと言うのだ。

佐和がいてくれて助かったと、心から思う泉水子だった。母の紫子《ゆかりこ》が付き添えないことを知り、玉倉山から東京までついて来てくれた。おかげで泉水子は、前回上京したときのように、緊張と恐怖で具合を悪くすることがなかったのだ。

佐和がそばにいれば、人混みにも平気でいられたし、修学旅行のリベンジにディズニーリゾートへ行こうという、大成の申し出を喜ぶこともできた。そればかりか、都心のデパートで服を選ぶという離れわざまでこなすことができたのだ。

泉水子が四歳のときから神社で暮らし、山奥になじんだ佐和が、東京のあれこれに動じない様子には、ひそかに目をみはるものがあった。泉水子とまごつく苦労を分け合うとばかり思っていたのに、ホテルに泊まるにも交通機関を使うにも、大成よりよっぽどたよりになる存在だった。

今、佐和は、薄化粧をしてイヤリングをつけ、どこへ出しても恥ずかしくない女性に見える。上京が決まるまで、家の中で口紅もコンパクトも見かけたことがなかったのに、いつのまにか用意していた。新調したスーツも、東京の学校訪問にふさわしいものだ。

(佐和さんって、玉倉神社に勤めていなかったら、こういうことが当たり前にできる女の人だったんだ……)

いなか者は自分だけだったと思うと、少しばかりショックだった。だが、しかたがない、佐和も大成も泉水子の倍以上の歳月を生き、さまざまな経験を積んでいるのだ。

(わたしも、経験を積まなくては)

泉水子はくちびるを結んで顔を上げた。だが、鉄柵門《てっさく》の先を見れば、またしても不安がおしよせてきた。

見識を広め、多くの人と交流できるようになるために、あえて首都まで出てきたはずだった。けれども、自分は他の生徒にはない大きなギャップをかかえている――それも、ひどく特殊なギャップをかかえていると、意識せずにはいられなかった。

『姫神憑《ひめがみつ》き』の人間が、世間でどう暮らせばいいのか、世間にどう理解を求めることができるのか、わかっている人が多いとは思えなかったのだ。

鳳城学園は、中等部の募集をはじめてから四年、高等部にいたってはまだ二年めという新設校だった。中・高どちらも一学年の生徒数は百名ちょっとで、建ったばかりの校舎が同じキャンパスに並んでいる。同系列の大学と大学院も設立予定だが、立地は別の場所になるという話だった。

敷地はかなり広く、高尾山に連なる丘陵の裾野《すその》に三角形に広がっている。門の左手に講堂、右手に三階建ての中等部校舎、高等部校舎があり、管理棟とブリッジでつながっていた。講堂の背後の小高い斜面に、いくつかの建物に分かれた学生寮が建っている。中央の坂の上には緑色のネットをはったグラウンドがあり、体育館の屋根が見える。構内案内図によると、グラウンドわきの坂道をさらに登ったところに馬場と廏舎《きゅうしゃ》があるらしい。

大きな建物は鉄筋づくりだが、洋館を模したところがあった。設計者はデザインの斬新さを選ばず、最初から古めかしく見せることに費用をかけたと見えた。自然の木立から浮かず、周囲になじんでいる点ではいいものだ。刈り込んだ低木と花壇があちこちに配置され、今はパンジーと白いヒナギクが植えてある。校舎から独立した建物もいくつかあり、知らない国の街角に立つようだった。

泉水子も、ひととおり目新しさを楽しむことはできた。それでも、胸の底には冷たいものが溜《た》まっていった。自分がひとり残されるには、あまりに異質な場所だったのだ。

三人はだれもいないグラウンドを眺めて引き返し、管理棟にある来賓用玄関へ向かった。最初にガラス扉を通った大成は、すぐさま「やあ」と手をかかげた。

「呼び出したりしてすまなかったね。会うのは久しぶりだねえ、深行《みゆき》くん」

玄関フロアの正面に、すらりと背の伸びた、白いVネックセーターを着た少年が立っていた。泉水子が半年ぶりに目にする、相楽《さがら》深行の姿だった。

予期しなかったと言えばうそになる。中三の二学期に転入した深行が、鈴原家の一同を迎えるのは不思議でも何でもなかった。それでも目の前に立たれると、泉水子は一瞬どきりとしていた。

あいかわらず背が高い。その年齢の男子にしては立ち姿がくずれず、照れもしない優等生なのもあいかわらずだった。控えめにほほえんでいるが、そのほほえみはもっぱら大成に向けられている。深行が口を開くと、大人びた言葉が流れ出た。

「お久しぶりです、鈴原さん。父がたいへんお世話になっています。父からは、今日お目にかかれないのが残念だとことづかりました。よろしければ、学園内の案内なり何なり、自分に申しつけてください」

大成はメガネを押し上げて深行をながめ、それからうれしそうに笑った。

「さすがだね、雪政《ゆきまさ》の息子だけある。きみがいてくれれば心強いよ。泉水子だって、きみがいなかったら、この学園に来ることを承知しなかっただろうし」

泉水子はたじろいだ。大成にその話をした覚えはなかった。

「お父さん」

とがめる声音《こわね》で呼んだが、大成はまの抜けた笑顔で見ただけだった。深行は聞こえなかったふりで、さらに大成に向かって言った。

「じつは、中等部の校長からもよろしく言いつかっているんです。どこから始めましょうか……理事長室にご案内したほうがよろしいですか」

「うーん、理事長の顔ならこの前見飽きたから、きみにキャンパスを案内してほしいな。せっかくだから一番奥にある馬場へ行ってみたいんだ」

大成が言うと、深行はうなずいた。

「いいですよ。馬場が行き止まりではなく、その先の林にセミナーハウスがありますが」

「いや、馬が見たいんだ。こう見えても、ぼくは動物好きなんだよ」

深行もジャケットをはおって外に出てきて、一行は坂道をのんびり登っていった。だが、泉水子には、並んで歩く深行に声がかけられなかった。

（お父さんのばか。あんなことを言うから……）

あいさつの言葉も交わさないほど、不仲ではなくなったはずだと思うのだが、以前どんなふうに話していたか、もう思い出せない気がする。気づまりに歩いていると、深行がふいに言った。

「ぜんぜん変わらないんだな、鈴原は。今でも東京に来れば、何でもかんでも怖いのか」

口調がそっけない。それでも、忘れかけていた基調がそこにあって、泉水子は考える前に言い返していた。

「そんなことないよ。今度は平気でディズニーリゾートへ行ったもの」

深行は正面を向いたままだった。

「へえ、そりゃ、よかった」

泉水子は、つっかえがとれたのがわかった。彼の優等生ぶりにおそれをなすと、こちらがばかを見るばかりなのだ。思い出したおかげで、だいぶ気が楽になった。

馬場までたどり着いてみると、乗馬する人の姿はなく、地ならし専用車がエンジンをふかして土ぼこりをたてていた。春休み中の場内整備をしていたのだ。厩舎へ向かい、職員にことわって中へ入ると、通路わきに十ほど並んだ馬房のほとんどに、一頭ずつ馬が入っていた。

名前や履歴を書いたプレートが馬房の入り口にかかげてある。見てまわると、見知らぬ人間には知らん顔の馬もいれば、ことさらに寄ってきて顔を出し、逆にこちらを見物する馬もいて、態度はそれぞれだった。

大成はご機嫌な口調で言った。

「やっぱりいいなあ、本物の馬は。深行くん、馬術部に入る気はないの?」

深行は苦笑して答えた。

「おれの場合、自分自身の世話で手いっぱいですから」

「また羽黒山《はぐろ》へ行ってきたんだってね。雪政から聞いたよ。だけど、人間以外の生き物にふれることも、あんがい修行になるものだよ。ましてやそれが、人間より大きな体をもつ生き物だったりすると」

大成は、馬房の柵からつきだしてきた大きな長い顔に思いきって手を伸ばし、鼻づらにさわって目を細めた。そのまま、馬に話しかけるように続けた。

「われわれは、科学文明の恩恵で生活しているね。この文明は、人間が他の生き物の上に立つ思想で築かれたものだ。それでも、最初のころは、発祥地の西洋でさえまだ都会に馬がいたんだよ。家畜としか考えなかったとしても、生活の中で大型動物に接する感覚がまだ残っていたんだ。日本の昔に、牛飼いは神に接する力を持つと考えられたような感覚だ。身の丈より大きな生き物に接すると、わかってくることがあるんだよ。人間はこの世界で、相対的に大型動物でありすぎて、忘れてしまうことが多いんだな」

深行は大成の横顔を見つめた。愛想よくした仮面をはずせば、深行の目もとは打って変わって鋭くなるのだ。けれども、口ぶりは遠慮がちだった。

「そうした修行のおかげで、鈴原さんは、今のようなコンピュータの権威になられたという意味ですか？」

大成は、ふいに顔をそらせて笑った。

「いいところを突くなあ。たしかに、ぼく自身の経験から出た言葉じゃない。こうありたいと願っているという話なんだよ」

深行はあいまいに笑い、追及する気はないようだった。だが、かわりに佐和が口をはさんだ。

「大成さん、今のお話、競馬の話じゃないでしょうね」

「いやだな、佐和さん。そうじゃないよ」

「あなたと馬の接点なんて、他にどこにあるんです」

「……次へ行こうか」

大成はいそいそと厩舎を出て、二度とこの話題には立ちもどらなかった。

女子学生寮まで来ると、佐和が活気づき、大成はおとなしくなった。舎監の教員は西条《さいじょう》といい、佐和と同年代の女性だった。二人の立ち話は長くなり、大成はラウンジで待っているとつぶやいて、深行とともに退散してしまった。

西条はにこやかに話を続けた。

「……そうですねえ、通学する生徒もいるにはいますが、高等部の八割がたは学生寮に入りますよ。今のご時世ですから、寄宿生活といっても一歩も外に出さないわけではなく、申請すれば外泊の融通もききます。ですが、ここに何のために学生寮があるかを理解して、集中して学習に取り組めるメリットを活《い》かしてほしいものですね。不自由しないだけの設備は整っています」

西条は、得意そうにうなずいて見せた。

「今は、ほとんどの生徒が帰省していますが、鈴原さんのように、早めに入寮して慣れておこうとする生徒さんが、ぼつぼつ見えるようになったところですね。顔ぶれがそろうのは始業の前日でしょう」

寮内に生徒の姿は少なかった。立ち話のあいだに出入り口を通った少女は、ほんの一、二名だ。泉水子は、いきなり大勢に出くわすのもいやだが、人けのない巨大な建物で夜を明かすのも気が重く、自分も前日にすればよかったとこっそり悔やんだ。

「この子は本当に集団生活に慣れていないもので、少しでも早く見知っておくほうがいいと思って。旅行すらほとんどしたことがないものですから」

「たいていの生徒さんは、集団生活に慣れてなどいませんよ。大丈夫です」

西条は佐和の言葉を軽くいなした。

「寮はすべて二人部屋で、これには今のところ例外が認められていません。けれども、ルームメイトの組み合わせはよく配慮してありますので、あまり心配をなさらないでください。鈴原さんのように遠方から来る生徒さんには、中等部から上がって学園によくなじんだ生徒がつきますから、あっというまに慣れますよ」

佐和は、少しためらってからたずねた。

「決定しているのだったら、泉水子さんのルームメイトのお名前、うかがっておきたいのですが」

「いいですとも」

西条はモバイルを取り出すと、ページを開いて確認した。

「鈴原泉水子さんは208号室ですね。同室になるのは宗田《そうだ》真響《まゆら》さん。帰省先は長野にあって、今は彼女もそちらへ帰っています」

208号室へ行ってみると、泉水子のスーツケースその他がすでに届けてあった。もう一人の荷物はまだ見当たらない。片づいた木製の二段ベッド、部屋のつきあたりに講堂を見下ろせる窓があり、窓の両端に本棚つきの机が背中あわせに並べられていた。ベッドの反対側の壁が収納場所で、花柄ストライプの壁紙がそのまま洋服ダンスの扉模様になっている。狭いものだが小ぎれいで、女の子の部屋にふさわしい内装だった。

あちこち見回ってから佐和がたずねた。

「どう、泉水子さん。ここで暮らしていけそう？」

「……帰りたくなるかも」

「まあ、たぶん、なるでしょうけれど。しばらく試してごらんなさいな、どうしてもだめだったら、帰ってきてもいいんですから」

泉水子はくちびるをかんだ。今からがまんできないと思っているわけではなかった。ただ、ひどく不安なのだ。その思いを察して佐和が言った。

「心細いのは当たり前ですよ。わたしだって、あなたを残していくのは胸が痛みます。でも、泉水子さんは神社の外に出て学んでおかないと。まだ、時間があるうちに」

泉水子の顔をのぞきこむようにして、佐和は続けた。

「怖がらなくてもだいじょうぶ、姫神は、今はまだ紫子さんのもとです。東京で一度、あなたに憑《つ》いたことを知っているけれど、紫子さんがお元気な限りは、めったにあることじゃありません。今のあなたは自分自身を鍛えることが大切です。心も体も強くなってから、その日を迎えるように」

佐和が『姫神憑き』を話題にしたのは、打ち明けてから初めてかもしれなかった。姫神のあれこれを口にすることは、だれにとっても苦痛なのだ。祖父の竹臣《たけおみ》も同じだった。それを話すと、なごやかに笑える世界がくずれさってしまうのだ。

息を吸いこんで、泉水子は言った。

「佐和さん、わたし、もっと知りたい……姫神のことを。でも、どうしてだれも教えてくれないの。お母さんはちっとも来てくれないし」

「あなたは、あなた自身の姫神を見つけなくてはならないからですよ。教えることはできないの。紫子さんを知るわたしが、あなたによけいな先入観を与えてしまっては」

ため息をついてから、佐和は押し殺した声音で言った。

「でも、これだけは言っておきます。もう、髪を切ろうと思ってはいけませんよ。三つ編みの封じ込めを解いてもだめ。よけいな騒動をおこしたくなかったら、今は髪型をいじってはいけません」

泉水子は神妙にうなずいた。浅い考えで前髪を切って、手痛い目にあったことは十分身にしみていた。しかも、切った前髪は毛先がはねてばかりで、よいことはひとつもなかったのだ。

あっというまに夕刻になり、大成と佐和の帰る時間がきてしまった。二人の見送りには深行もつきあった。義務をまっとうするつもりなのだ。

泉水子は、大成にたずねることがたくさんあったはずなのに、ついに言いそびれたことを認めざるをえなかった。

(お父さん、今の世にいる山伏《やまぶし》って何なの。お父さんはその組織で何をしているの。相楽さんは、自分は山伏だとはっきり言ったけれど、お父さんが一度も言わないのはどうしてなの。お父さんは、姫神と山伏の関係をどう考えているの。お母さんもわたしも『姫神憑き』だということを、どう考えているの……)

頭の中で反すうしたが、言い出せないわけにも気づいた。これをたずねたら最後、父を失ってしまう気がするのだ。能天気に笑い、専門バカで佐和には頭が上がらず、遊園地とオムライスが大好きな、泉水子の愛してやまない父親を失ってしまう。

(お父さんは、どうしてお母さんと結婚したの。まったくいっしょに暮らさない二人の結婚を、お父さんはどう思っているの……)

聞けるわけがなかった。問うことで明るみに出る真実が、泉水子には恐ろしかった。ほとんど子育て放棄の母とはちがい、可能な限り身近にいてくれた大成なのだ、会えたときくらい最後まで気持ちよくすごしたい——他愛のないことで笑っていたかった。

「お父さん、あのね……」

「泉水子、深行くんによくたのんでおいたから、学校が始まる前にカリキュラムを教わっておくといいよ。鳳城学園は自由度が高いから、単位制で選択できる科目がいろいろあるんだ。ちょっと大学のシステムのようだよ」

「勉強をがんばるんだよ。勉強だけじゃなく、思いきってやれることは何でも今のうちにやってみなさい。コンピュータも怖がらなくていいんだよ。今度、泉水子用にあつらえたのを一台送ってあげるからね」

「うん、それでね……」

大成は一方的にしゃべり続けた。もともと、彼はあまり人の話を聞かないたちだった。今も、泉水子に言っておきたいことをすべて言うことに夢中になり、こちらは言葉をはさめない。

（……そういえばそうだった。わたしとお父さんが話すことは、いつだってわたしのことばかりだった。お父さんが自分の話をしたことはない）

とうとう何も言えないまま、手をふる二人を乗せたタクシーは走り去っていった。あたりが暗くなっていたので、テールランプの鮮やかな赤さが目にしみた。ライトが見えなくなるまで見送っていると、ほおを刺す風が冷たかった。

深行が、つまらなそうに息をついた。

「結局来なかったんだな、紫子さんは。期待したのに」

「期待しないでよ」

なんとなく泉水子はむっとした。

「お母さん、忙しいんだから」

「まあ、東京にいれば、そのうち会うこともあるだろう。鈴原が、鳳城から逃げ帰らなければの話だけど」

深行は、それもあり得るという口ぶりだった。大成に見せた「はい、おまかせください」の態度との落差に、これが深行だったと思わずにいられなかった。

「わたしだって、そんなにあやふやな決心で来たわけじゃないから」

「この学園、あまり甘くみないほうがいいぞ」

みていないと言い返そうとしたが、深行のほうが早かった。

「おまえ、無試験で入っただろう」

泉水子ははっとした。泉水子が鳳城学園に進学すると決めてから、入試の話はだれにもされなかったのだ。教師も試験にはふれないので、希望すれば通るのだと思っていた。

深行は慎重な口ぶりで言った。

「試験免除で入れるやつは、そう多くはいないんだ。中等部にいてさえ上がれなかった連中がいる。けっこう高いんだよ、ここの学力レベルは」

泉水子は、しばらくしてようやく口を開いた。

「なぜ、わたし、無試験だったの」

「なぜだと思う」

（……姫神のせいなの？）

推薦に値する学力や身体能力などもっていない泉水子なのだ、それ以外には思いつかなかった。けれども、深行もそのことは口にしなかった。むやみに話題にできないのは、彼・も同じなのだということがよくわかった。

「おれも、学園の方針が全体つかめているわけじゃない。変だと思うだけだ。高等部から入学する生徒には、何人か試験免除者がいるのかもしれない」

どう考えたらいいかわからなかったが、とりあえず寒かったので、泉水子は構内に引き返す深行に続いた。黙ったまましばらく歩いてから、ふいに深行が言った。

「明日の九時、図書館へ行っている。ひまなら来いよ、他にやることないんだろう」

「あ、うん」

小道が二つに分かれていて、その先へ行くと男子寮だった。深行は立ち止まらずに歩いていった。泉水子はほんの少し足を止め、去っていく姿を見送った。そして、正当化するように自分に言いきかせた。

（今、わたしの知っている人は深行くんしかいない。わたしの秘密を知っている人も深行くんしかいない。彼がどういう人だとしても、頼らずにいられないんだ……）

二

最初の夜は、ほとんど眠れなかった。

泉水子は二段ベッドの前で長い間悩んでから、下段のベッドで寝たが、それでも選択したことに自信がもてず、くよくよと考え続けた。宗田真響がどういうタイプの少女か見当がつかず、先に選んでもらえないことがうらめしかった。

食堂で食事をすることも、泉水子にとっては気が重かった。淡いグリーンの壁をもつカフェテリアで、どうふるまえばいいかわからなかったのだ。ほとんどの席が空いているのだが、ぽつぽつと座っているのは、ひと目で上級生とわかる人ばかりだった。

慣れない泉水子に、親切に取り方を教えてくれる女子の上級生はいた。だが、相手がひどく気おくれするのを見てとって、彼女も必要以上に話しかけなかった。おせっかいにつきまとわないところに、都会風なものを感じる。

泉水子としては、無理やり話さずにすんでありがたかった。しかし、ひとりで食べて楽になったとも言えなかった。態度が悪いと思われただろうかと気にやんでいると、トレイに取ったトーストは半分ものどを通らなかった。

このころになると、深行が来いと言ったのはたいへん親切だったと思いはじめていた。身を縮めて一日を過ごすしかないところだった。言われたときにはいっぱいいっぱいで、そうも思わなかったのだが、深行なりの責任感だったと、朝になったら考えることができたのだ。

構内図で確かめると、図書館は馬場とグラウンドの中間の位置にあり、独立した建物では大きな施設だった。一階のフロアに開架書庫と閲覧室、上階にはPC教室があるらしい。

泉水子は早々にたどり着いてしまい、九時まで入り口が開かないことを知ってがっくりした。けれども、花壇のふちに腰をおろして待っていると、時間ぴったりのころに深行が姿を見せた。

「おはよう」

「……ああ」

深行はほほえみもしなかった。

「場所すらわからないということには、ならなかったみたいだな」

(素は、本当につっけんどんなんだから……)

泉水子は拍子抜けしたものの、引こうとまでは思わなかった。このあたりが去年のうちに鍛えてある部分かもしれなかった。

「朝ごはん、食べた？」

「食ったよ、どうして」

「会わなかったから」

深行はいくらか表情をゆるめた。

「高等部の学食へ行っただろう。最初からそちらの宿舎に入ったんだから、行って当たり前だが。おれはまだ中等部の学食を使っている。入学式があるまで行く気になれないな」

どうりで上級生しか見なかったはずだと、泉水子は納得した。食堂が二つあることにも気づいていなかった。

「中等部と高等部って、そんなにはっきり分かれているの？」

「そうでもない。宿舎と食堂と生徒会ぐらいなものだろう。中三から、いくつか合同の授業もあったし、部活も合同のものがあるし」

深行は言ってからつけ加えた。

「ただし、今年は高等部から加わる生徒が、去年とちがって多いと聞いている。反対に出ていった生徒も多い。顔ぶれがかなり変わるそうだ」

自分にとって、たぶんそれはいいことなのだろうと、泉水子は考えた。顔見知りばかりの中に少数で入っていくのはきつそうだ。

「深行くんは、どこの部活に入っているの？」

「深行って、校内で呼ぶなよ」

相手はめいわくそうな口調で返した。

「玉倉神社の人たちは、世話になったから辛抱していたが、おれはよそでは『深行』と呼ばせないんだ。バカ父が名前で呼ぶのは止められないが、かわりに雪政と呼び返してやることにしている」

泉水子は肩をすくめた。父親の呼び捨てが、そんなところからきているとは知らなかった。おとなしく言いなおす。

「……相楽くんは」

深行は先ほどの返答にもどった。

「部活にはまだ入ってない。転校が中三の二学期じゃ、何をするにも中途半端だったし」

「今日は図書館で何をするの？」

そうたずねたときには、図書館も開館して玄関のガラス戸が開いていた。深行は歩きながら聞き返した。

「図書館を何するところだと思っているんだ」

「調べもの？」

「あのな、おまえ、勉強しろよ。鈴原の頭で鳳城の授業についていけるかどうか、激しくあやしいんだぞ」

泉水子は目を見はった。

「み——じゃなくて、相楽くんって、春休みにずっとずっと勉強しているの？」

「勉強しかしないいわけじゃない。体力づくりもしている。朝と晩に走っているし、野々村《ののむら》さんに教わった鍛錬法も続けている」

書架のある場所までいった深行は、向きを変え、正面から泉水子を見下ろした。

「したくないなら、べつにしなくていいんだぞ。先に鳳城学園に来たおれが、真っ先にできるアドバイスというだけの話だ。せっかく来た東京の高校で、鈴原ができないほうで目立ちたいなら、それでもまるっきりかまわない」

目をそらせてみたが、正論から逃れるすべはなかった。泉水子はしぶしぶ答えた。

「……勉強します」

「学習なんてものは、目につくところでするものじゃないんだ。他人が遊んでいる春休みにしてこそ差がつくんだ。今からじゃ遅くても、やらないよりましだろう。鈴原にやる気があるなら、おれが参考書を選んでやる」

「……やる気あります」

教師に言われている気分だった。

(こういうところ、ぜんぜん同年っぽくない……)

秀才の実態を見せつけられて、ため息が出るばかりだ。もちろん最初から、深行と遊ぶことなど期待しなかったが、来たばかりの自分を、もう少しくつろがせることを考えてくれてもよさそうなものだと、こっそり思う。

(この人には、これが当たり前なんだ……それなら、いつ友だちと遊ぶんだろう)

泉水子が中学で見たかぎりでは、友人ができないというタイプでもなかった。クラスに調和してそつなく仲間になっていたように見えた。

(それでも、ひょっとすると、本当に仲のいい友人はつくらないのかもしれない……)

本を探す深行の背中を見ながら、泉水子はぼんやり考えた。羽黒山の修行に行ってきたという話だった。彼にとって二度目の峰入《みねい》り修行になるはずだ。彼も、山伏なのだ——ごくふつうの少年ではあり得ないのだ。

ふと、背中に問いかけていた。

「羽黒山で、何かわかった？」

深行はいぶかしげにふり返った。

「え？」

「もう一度羽黒山へ行って、山伏についてわかったことは何だったのかなと思って」

言いながら泉水子は、同い年で手さぐりしている人間だからこそ、率直に聞けるのだと気づいた。佐和に言われたことを思い出す。

少し考えてから、深行はしかたなげに言った。

「修行の意義は、前よりわかったと思う」

「修行の意義って？」

「どんな力を求めて、山伏がわざわざ山に籠《こ》もって修行をするのかということだよ」

「それは、どこで——」

どこで姫神《ひめがみ》と関係するのかと問うつもりだった。けれども深行はさえぎった。

「甚深秘密《じんしんひみつ》」

「え？」

「修行の内容は、他言無用ってこと。もらせば御開山《ごかいさん》のばちがあたる」

とってつけたように言ってから、深行はもう少しわかりやすい言葉になおした。

「だいたい、山伏が修行を積んでやっとつかむものを、鈴原が努力もしないで持っているというのは、何度考えても頭にくるから、おまえには特に教えない」

（あ、急に大人げない……）

思わずむっとした。泉水子をこれだけ見くだせるのに、百パーセント優位に立たないと気がすまないというのだろうか。一点くらい、泉水子のほうが勝っている部分を認めてもいいのではないか。

言い返すところだったが、人影を見てあわてて口をつぐんだ。同じ書架の並びを歩いてくる生徒がいたのだ。深行も気づいて目を向け、そのまま視線をはずさなかった。知っている人物なのだと泉水子はさとった。

「あれ、おじゃまだったかな。ちょっと見ない顔だと思ったもので」

相手が先に口を開いた。男子生徒だが、今どきあまりお目にかからないような切りそろえた前髪をしている。背の高さは中くらいで、ほっそりしてやや小柄に見えた。どことなく風変わりだが、隙なく服装をととのえていて、育ちのよさを感じさせる。声はやや高めに響いた。

「四月からの新顔女子？　いっしょにいるところをみると、相楽の地縁血縁なのかな」

泉水子は肩をすぼめ、じりじりと深行の後ろに隠れようとした。見知らぬ男子にしりごみするくせは、いまだになおっていなかった。

「親の知り合いの子だよ。高等部のタメ」

深行の口ぶりはむぞうさだったものの、微妙な空気だった。この場を見られたことを喜んでいないのだ。気が進まないように泉水子に言った。

「こいつは高柳《たかやなぎ》だよ。いっしょに鳳城の中等部から上がるやつ」

泉水子はおそるおそる名のった。

「鈴原です……」

「ふうん。ずいぶん髪、長いね」

高柳は評したが、にこやかに言われたので、ぶしつけではなかった。上目づかいにそっと見やると、前髪の下の切れ長の一重まぶたが印象的だった。鼻筋は細く、男子にしては色白でもある。

（……この人、どことなく……）

「それじゃね、鈴原《すずはら》さん。新学期からよろしく」

高柳は、あまり関心もなさそうに言って離れていった。彼の背中が遠ざかるのを見送ってから、泉水子《いずみこ》は深行を見やった。

「今の人、なんとなくだけど……」

「和宮《わみや》に似てるって言うんだろう。言うと思った」

深行はどこか苦い口調になった。

「けれども、高柳一条《いちじょう》は生身の人間だよ。それはおれが保証する。人間離れしているくらい成績がいいことはたしかだけどな。中等部の学年一位はあいつだ。三年間だれにもゆずらなかったそうだ」

「生身じゃないなんて思わないけれど、感じが」

「単に、公家《くげ》顔ってことじゃないのか。高柳の家は京都だという話だ……春休みくらい、家に帰りゃいいものを」

自分のことは棚にあげて、深行はぶつぶつ言った。

「あの手の顔は、おれには鬼門だ」

「顔が、何？」

聞きとれずにたずねたが、深行はそれを無視して言い出した。

「鈴原、新学期が始まっても、自分の身元は極力他人に話すなよ。玉倉神社に家があること、くらい言ってもいいが、大成《だいせい》さんや紫子さんのことを学校でしゃべっちゃだめだ。山伏についてもだ。これは言わなくてもわかっていると思うが、鈴原の能力なんかは論外だ」

泉水子はきょとんとして見やった。

「言う気なんてないけれど、どうしてそこまで言うの？」

少したためらってから、深行は答えた。

「今の時代、できるだけ正体を隠すことが、山伏にとっての価値なんだ。山伏の組織は、目に見えないところに張りめぐらされている。見切られたときには負けなんだ。足もとを見られたところから吸収されてしまう」

「何に？」

「この国の目に見えるものにだよ。国家とか、企業とか、宗教団体とか」

あまり理解できなかった。泉水子のけげんな表情を見ながら、深行は言葉を続けた。

「わかれと言うつもりはないよ。おれだって、本当にわかっているかは自信がない。けれども、たぶん、情報戦なんだと思う。探りあいのようなものは、この学園にだってあるんだ。無防備なのはよくない」

泉水子はしばらく黙った。それから、いくぶん口を尖《とが》らせた。

「何も教えてくれないで、自分ばっかりで、あれしろこれしろと言われても、だれだって納得しないと思う」

深行は大きなため息をついた。

「鳳城《ほうじょう》学園がただの学園じゃないことは、最初からわかっていただろう。大成さんや雪政が肩入れする何かがあるってこと。この学園にいるだれもが山伏に縁のある生徒だとは言わない。それでも、ここへ来る生徒は少し偏っている。表面にはだれも見せないし、自分から言うようなやつはいないが」

「見せないのに、どうしてそう思っているの」

「匂いかな。おれは何度も転校しているから、けっこう嗅《か》ぎわけるんだ」

深行は簡単に言った。泉水子に差を見せつける確信の持ち方だった。

「最初から脅すのもなんだから、黙っていようかと思ったけれど、ここまで言ったら言っておく。山伏の形態をとる組織にもいろいろあって、だれもが大成さんたちと通じているわけじゃないんだ。早い時代に分派して、似て非なる人々だっている。系統がちがえば対立も出てくるし、当然足のひっぱりあいもある。のほほんとするのはまちがいだ」

泉水子は困惑するばかりだった。

「危険なところだと言いたいの」

「用心するにこしたことはないと言っているんだ。大人の保護者には、案外学校内部の真相がわからない。外には見えないことがある」

（……そんなにピリピリした気持ちで、これから三年間も暮らしていけというの？）

深行はそうしているのだろうかと、思わず様子をうかがってしまう。だが、ひょっとすると、何ごとも油断せずというのが、彼の平常モードなのかもしれなかった。守られて育った泉水子とはちがって、深行はずっとそうして生きてきたのかもしれなかった。

考えこんでいると、深行が数冊の本をどさりと泉水子の手にのせた。

「とにかく教科の勉強をしろよ。そもそも学校はそうする場所だ。学生同士だったら、学力もそれなりの武装にはなる。数学は不得意なんだろう」

「どうしてわかるの」

「顔見りゃわかる」

なにか失礼なことを言われた気がしなくもなかったが、泉水子は反論しないことにした。理数系に弱いのは言い当てられたとおりだった。

「あとは英語。鳳城は、外国語にはかなり力を入れている。わからないところがあったら教えてやるから、参考書を読んでひととおり問題集をやってみろよ」

閲覧室の席に座った泉水子は、午前中がまだ何時間もあることに気づいて、肩をおとすばかりだった。気を取りなおして、数学の参考書を開き、例題と練習問題をにらんでみる。

だが、当初の憂慮をよそに、時間はあっというまに過ぎていた。

肩をゆすられた気がして、つっぷした状態から顔を上げると、深行が立っていた。

「昼」

「えっ、もう？」

泉水子の驚いた声を聞くと、深行は黙って席を後にした。泉水子はあわててその後を追い、閲覧室を出た。

「こんなつもりじゃなかったの。ただ、ゆうべ、ぜんぜん寝つけなかったから……」

「もういい」

あきらめた声音で深行は言った。

「期待しないから、公共の本によだれをつけないように寝てくれ」

恥じ入るものがあったが、深行といっしょに中等部の食堂へ行くことができて、じつのところ助かる思いだった。ろくに食べていなかったので、かなりおなかが空《す》いたのだ。

中等部の食堂は、広さは高等部と同じくらいありそうだったが、内装もメニューももっと質実だった。高等部のように選択できず、プレートにひとそろい載った定食がメインで、時間制限もあるらしい。その他は、単品メニューが五、六点あるだけだった。

深行の見解では、高等部に多く特権が与えられるシステムはある程度必要らしい。春休み中のため定食すら止まっていたので、二人はカレーライスをたのんだ。

空腹だったので、泉水子はカレーをおいしいと思った。それに、こちらの食堂で食べるほうがずっと気が楽だった。なにしろ、だれもいないくらいに空いている。

食べながら深行が教えた。

「朝や昼は、購買で買ってすませる生徒も多いよ。パンとかカップめんとか。教師はやめさせたがるけれど、めんどうだろ。きちんと制服を着て食堂へ行くのって」

「佐和《さわ》さんが、カップめんだけはやめておきなさいと言ったよ」

「そうか？」

「おいしいの？」

「うん」

いっしょに家で食事していたころ、深行がえり好みせずによく食べるので、佐和はずいぶん喜んでいたが、そういえば好物の話もあまり聞かなかったと、泉水子は思い返した。基本的に、味や内容にこだわりがないのだ。

（自活に慣れた人って、そんなふうにごはんを食べるのかな……）

そのとき、ふと、深行に聞いておくべきことを思い出した。

「中等部に宗田真響《まゆら》さんって、いたでしょう」

「ああ」

「どんな人？　今度同室になるんだけど」

「宗田と同室？」

深行は驚いた様子でスプーンを止めた。泉水子は思わず身がまえた。これは何かあると思ったのだ。だが、深行はすぐまた力を抜いて食べはじめた。

「なあんだ、それならおれが気を回すこともなかったか。おまえ、宗田に勉強を見てもらえ。宗田が中等部の学年二位だ」

「学年二位……ということは、つまり、相楽くんより頭がいいの？」

「おれも初めて見た。おれより成績のいい女」

「怖い人なの？」

深行《みゆき》は少し考えた。

「そんなことないだろう。お固い女史風のタイプじゃないんだ。性格明るいし、さばけているし、めんどう見がいいから女たちにも人気があったと思う」

ひとまず安心できると、泉水子は考えた。けれども、どこかしら複雑なものもあった。自分と正反対の少女のような気がするのだ。

「きれいな人？」

「そんなの自分で見ろよ。だが、もててはいたようだ。中等部だけでなく、高等部の先輩から何かと声をかけられていた」

深行の口調は無関心に聞こえたが、本心かどうかはよくわからなかった。なぜなら、続けて言ったのだ。

「宗田は誘いを片はしからことわったそうだ。『終生誓った相手がいる』と言って。その言いぐさって、ふつうは驚くよな」

「ずいぶん、よく知ってるね」

「有名だったんだ、この話」

泉水子はだんだん自信がなくなってきた。

（……同室で仲よくなれるだろうか、宗田真響さんとわたし。才色兼備のうわさが鳴り響く人のように聞こえるんですけど）


日中暖かくなる日が三日続いた。なかば意地で図書館がよいを続けていた泉水子は、女子寮のわきのソメイヨシノが、ついに咲きだしたことに気づいた。色淡い五弁の花が開くと、桜の木は一変して全体が輝いて見えた。足を止めて見上げた泉水子は、咲き初《そ》めの桜もいいなと思った。今までは、満開にばかりこだわっていたのだ。部屋にもどると、宗田真響が入室していた。

２０８号室のドアを開けるなり、泉水子は、桜の木に起こったことがここにも起こっているような気がした。原因は、片側のいすから立ち上がった少女だった。鮮やかなぼたん色をした襟ぐりの広いセーターを着て、部屋が一気に明るくなっている。

彼女の背は泉水子よりずっと高く、伸びやかな手足をしていた。細いブルージーンズをはき、髪をポニーテールにしているところは、おしとやかというより快活にふるまう少女と見える。また、きりっと束ねたヘアスタイルがよく似合う顔立ちだった。よく輝く瞳《ひとみ》と直線形の眉《まゆ》がどことなく挑発的だ。

泉水子は、深行が自分で見ろと言ったわけがわかるような気がした。宗田真響は、絵に描くような美人ではないかもしれない。それなのに、テレビのアイドルタレントくらいは軽くつとまりそうだった。

「宗田さん？」

「あなたが鈴原さん？」

響いた声は、泉水子の声音より低い。けれども、才女めいたところはみじんもなかった。息を吸いこむなり、彼女はトーンを上げた。

「うわあ、かわいい。かわいいねえ、泉水子ちゃん。新しいルームメイトがこんなにかわいい子だったなんて、超ラッキー」

真響はさらに早口で続けた。

「あっ、引かないでね。私、ときどきオトコ入ってるって、友だちにも言われちゃうの。正直なだけだと思うんだけど。泉水子ちゃん、同性からかわいいって言われるのはいやな人？」

「あ、そうじゃなくて……」

たじたじしながら、泉水子は答えた。

「わたし、ちっともかわいくないし。宗田さんのほうが、もっと」

真響はにっこりした。大きめで形のよいくちびるの両端がきゅっと上がった。

「私のこと、気に入ってくれるとうれしいなあ。泉水子ちゃんに、ひと目できゅんときたもの。きっとこの先の一年間、楽しくやっていけると思うの」

三

宗田真響が占拠した机には、最新の薄型ノートパソコンと、その他に二台のモバイルとおぼしき機器が置かれていた。泉水子がそれらに目をやり、たくさんあるねと言うと、真響は驚いてみせた。

「このくらい常識じゃない？　キャンパス内は携帯電話禁止だから、友だちのメールもほとんどパソコンだよ。そうは言っても、携帯を持たない子なんていないと思うけど、おおっぴらに使うのはやっぱりひんしゅくなの。この校則は、生徒総会で決めてるし。あなた、パソコンをもってこなかったの？」

泉水子は恥じ入りながらうなずいた。

「パソコンは、ちょっと苦手で……ほとんどさわらなかったから。あ、でも、お父さんが新しいのをくれると言っていたけれど」

「ふだん使わないの？　めずらしいね、どこの中学だったの？」

聞きながらも、真響は手を休めずに衣服の収納に取りかかっていた。むだの少ない動作には、もちろん慣れもあったようだが、真響の有能さが見てとれた。

「……そう、奈良県から来たんだ。奈良って、古都のたたずまいがすてきなところだよね」

「うちは奈良といっても、和歌山に近くて。山奥だから、宗田さんがイメージしているのとは、ずいぶんちがうと思う」

「和歌山に近いって、吉野《よしの》のあたり？」

「ううん、もっともっと南。本当に山奥なの」

泉水子は小声になった。

「だから、東京に出てきて、みんなとなじめるかどうか……あまり自信がなくて」

「うちだって山奥だよ。長野だもん」

「長野は山奥じゃないと思う。東京のすぐ近くだもの」

「またまた、知りもしないでそう言う」

真響は明るく笑った。けれども、泉水子から見れば、真響が都会的なのは確実だと思えた。もってきた服のセンスがちがうのだ。

彼女の衣類は、やたらに多いわけでもなかったが、泉水子よりはずっと豊富であか抜けていた。泉水子が見とれていると、真響はさらに、分厚くたたんだ一枚布に見えるものを取り出した。

「知ってた？　ベッドのまわりにカーテンがつけられるの。カーテンレールがあるでしょう」

泉水子ははっとして言った。

「そうだ、わたし、先に来たから下の段に寝てしまったけれど、こちらがよかったらそう言って」

「どちらでもいいよ、上か下かなんて」

真響はあっさり片づけた。

「ベッドカーテンって、案外、役に立つのよ。気の合う人と相部屋になっても、けんかすることもあるし、気まずいときや、見られたくないときもあると思う。ベッドを囲うだけで、ずいぶんちがってくるよ。いい関係を長続きさせる意味で、必要なエリアだと思う」

真響は薄緑色の布を広げて見せた。

「この柄、もし、いやじゃなかったら、あなたのベッドにもかけてみない？」

「いやだなんて、とんでもない」

実際、泉水子は肩の荷をおろした気分だった。真響は、共同生活の距離の取り方を心得ている。彼女にまかせればうまくいきそうだった。

カーテンをベッド周囲に取りつけてみると、遮光生地で作られていた。頭上のベッドで真響が言った。

「小さい読書スタンドを中に置くと、なにかと便利だよ。消灯は十一時の決まりだけど、カーテンを閉めて、ベッドに本やらパソコンやら持ちこめるから」

「ありがとう。思いつかなかった」

「だから、経験者がペアなんだって」

軽い足どりではしご段を降りてきた真響は、泉水子が机に置いた冊子に目をとめ、おもしろそうにのぞきこんだ。

「へえ、すごい。今から高校の問題集をやっているんだ」

ベッドから顔を出した泉水子は、あわてて言った。

「べつに、やりたくてやっているわけじゃないの。準備しておかないと、授業についていけないから……あの、わたし、試験受けなかったものだから」

真響は目を見開いた。

「無試験入学？」

泉水子は一瞬口にしたことを後悔した。深行の言葉を思い浮かべたのだ。けれども、真響はすぐに打ち解けた口調で言った。

「なんだ、それじゃ、うちの弟とおんなじね。弟も今年から鳳城なの。まるで勉強しないやつで、東京へ出てきそびれていたんだけど」

泉水子はほっとし、これはよいことを聞いたと思った。無試験は自分だけではなかったのだ。

「弟さん、何年生？」

「一年。あいつこそ、鳳城の授業についていけない人間よ。泉水子ちゃんとちがって、直前まで遊びほうけるつもりだし。入学してからが恐ろしいと、今から目に見える感じ」

泉水子は思わずほほえんだ。

「宗田さんって、中等部で学年二位だったんでしょう。すごいね。わたしなんて、同室だったら勉強を見てもらえと、宗田さんの名前を出すなり言われたよ」

「だれがそう言ったの？」

「ええと、相楽《さがら》くん」

真響のよく生え揃ったまつげが愉快そうにまたたいた。

「ふうん、転校生の相楽くんか。あなたは彼のお知り合い？」

泉水子はためらいながら答えた。

「ちょっとだけ。親同士が友人で、それで」

「頭いいよね、彼」

真響はさらりと言ってのけた。泉水子は思わず身をのりだした。真響の目に深行がどう映っているか、興味をそそられたのだ。

「宗田さんでも、そう思うの？」

「頭のいい子はすぐにわかるよ。周りから浮かないよう、それとなく用心していたみたい。三年二学期の転入といったら、やっぱり変わっているから、けっこう注目されていたけれど、へたなまねをしなかったものね」

少し考えてから、真響は言葉を続けた。

「それでも、クラスのほとんどの人間には、彼が高等部に上がるとわかったと思う。希望しても進めなかった人がいたから、転入生に割りこまれたと思いがちだったんだけど、相楽はそのへん上手だった。この先は、気がねなく本領発揮するんでしょうね」

さすがに鋭いと感心していると、真響のほうも興味深げに見つめた。

「あなた、相楽くんにお勉強させられていたの？　意外だな。彼、おせっかいのできる人には見えない。個人主義でしょう、どう見ても」

深行はたしかに、世話焼きには慣れていない――泉水子もうなずいた。

「じつは、勉強を見てもらっている気がしないの。教えると言っておいて、実際に聞きにいくとなんだか怒っているし。自分の勉強を中断されるのがいやみたいで」

　真響は頭をそらせて笑いだした。

「やだ、目に浮かんじゃう」

　深行も無理をしているのかもしれないと、泉水子があらためて考えていると、真響が気さくに言った。

「泉水子ちゃん、私、どちらにしろ弟の勉強を見るはめになるから、いっしょに勉強しようよ。あいつも、他人がいるほうがやる気を出すと思う。姉にしごかれるって、やっぱり楽しくないでしょう」

　泉水子はびっくりして顔を上げた。

「うれしいけど、弟さん、中等部でしょう」

「私、そんなこと言った？　真夏《まなつ》は今度高一なんだけど」

「同年？」

　泉水子は目をぱちくりさせた。

「宗田さんって、双子だったの？」

「ううん、双子とはちがう」

　泉水子はためらった。聞いていいことかわからなくなってきたのだ。

「……それじゃ、血のつながっていないきょうだい？」

「ばっちりつながっている。真夏は生まれた時間が私より二時間遅いの」

沈黙した泉水子を見て、真響は笑いだした。

「いつもはこうして煙《けむ》に巻いて遊ぶんだけど、手早く正解を言うとね、私と真夏は三つ子なの。もう一人は小さいころに死んじゃったから、今は二人だけ」

「そういうこと」

ようやく泉水子が笑うと、真響は妙にまじめに続けた。

「たいていの人は、それなら双子と大差ないと考えるけれど、ぜんぜんちがうのよ。私たちはもともと三人で、三人のなかの二人なの。この先、私と真夏がいくつになろうと、どこにいようと、何をしようと」

言うべき感想を探して、泉水子は迷った。

「……いいね、きょうだいがたくさんいるのって。わたし、ひとりっ子だから、そういうのがうらやましくて」

真響はぷっと吹きだした。

「そのリアクション。泉水子ちゃんっていい味してる。早く真夏に引き合わせたい」

窓の外が暗くなり、真響が食堂へ行こうと誘った。泉水子もそのつもりだった。自然に彼女といっしょに食べたいと思えることが、それだけでもうれしかった。

部屋を出る前にパソコンをのぞいた真響は、少し顔をしかめた。

「紹介するとメールしておいたのに、真夏の返事が来ない。携帯にも入れておいたのに、それすら見てないんだ」

泉水子としては心ひそかに、真響と二人きりでいいと思っていた。同年の男子と聞いてしまうと、少々身がまえてしまう。真響も、あくまでこだわるわけではなさそうで、すぐにパソコンを閉じた。

「行こう行こう、待ってなんかいられないもの。おなか空《す》いちゃった」

真響が向かった先は、当然のように高等部の食堂だった。泉水子はためらい、先に立って歩く相手に念をおした。

「ここって、現役の高校生しか使わないんでしょう?」

「そんなことないよ。教員たちもけっこう使っているよ」

見当はずれの返事をしてから、真響はさらに言った。

「私、中等部にいたころから、わりとこっちなの。先輩たちと食べること多くて」

通りかかった学生から声がかかり、真響は笑ってあいさつを交わした。

「日本史研究会って、高等部のクラブだけど、私もちょっと顔出していたわけ」

真響は慣れた手つきでトレイに料理を選んでいった。泉水子が注目していると、思ったより和食派だった。焼き魚、ひじきのサラダ、ナメコの味噌汁《みそしる》、玄米ごはん。泉水子はチキンクリームシチューと、グリーンサラダ、フランスパンを選んだ。

「うちの父が大学で教えているし、かびくさい古文書を蔵にもっているような家だから、先輩がどこかで聞きこんでいたのね。中等部の私にお声がかかったの」

テーブルについた真響は、こともなげな様子でそう説明した。

「すごいね、最初から高等部のクラブにいたのって」

「私だけ例外ってこともないの。中高の交流はけっこう活発な学校だから。でも、まあ、一番高等部に出入りしていたのは私だったかも。おかげで同学年につきあいが悪くて、変なうわさをたてられちゃった」

そのうわさを知っているとは言いたくなかった。泉水子は別の話題を探した。

「宗田さんのおうち、由緒のあるおうちだね。うちは、おじいちゃんが古文書好きだけど、神社に古くから伝わる文書はほとんど残っていなかったの。明治の初めにいろいろ消えてしまったって、聞いたような気がする」

「それ一つでよくわかるでしょう。田舎なんだよぉ、うち」

「そんなことない。うちより奥地って考えられない」

二人はあれこれ話しながらゆっくり食べたが、真響の弟を見ないまま食べ終わっていた。泉水子は、今日はこれで終わったと思いこんだため、背後でいきなり陽気な声を聞いたときには用意がなく、ぎょっとしてしまった。

「ごっめーん、出遅れた」

向かいの真響は、どうやら姿が目に入っていながら知らん顔をしていたらしかった。

「知らない。私たち、もう帰るところだから」

「そう言うなよー。こうしてあやまってるじゃん」

「厩舎《きゅうしゃ》にいたのね」

「ピンポン」

「シャワー浴びてきた？　この上汚いやつなんか、私、紹介できないから」

「浴びてきたから、こんなに遅くなったんだよー」

真響はため息をつくと、泉水子を見やった。

「本当にしようがない……泉水子ちゃん、悪いけれど、もう少しここにいてもらってい い？」

目をまるくした泉水子がうなずくと、真響は席を立ち、弟といっしょに料理のコーナーへ歩いていった。彼に取り方を指導するのだろう。

（あまり双子には見えない……あ、ちがった、三つ子だった。宗田さんとはずいぶんふんいきのちがう男の子だ……）

彼らを見やりながら、泉水子は考えた。宗田真夏はほんのわずかに真響より背が高く、真響よりはっきりと色黒だった。髪を短めに刈りこんで、元気のいいスポーツ少年に見える。体つきは細身のほうだが、動作の一つ一つに活力が感じられ、きゅうくつな寮の部屋にじっとしていないだろうとうなずけた。広い戸外の空気がふさわしい少年だ。

二人が再びテーブルにもどってきたとき、真夏が手にしたトレイには、泉水子と真響二人分のメニューがのっていた。これにも目をまるくしていると、真響が嘆かわしげに言った。

「ごめんね、先にちょっと食べさせてやって。食べるものを食べてからでないと、まともに話ができないのよ、この子は」

「あ、ども。いただっきまーす」

真夏は泉水子の隣に座り、すごい勢いで食べはじめた。見ず知らずの女の子がそこにいることなど、まるで念頭になかった。

(……こんなに無心にごはんを食べる人、わたし、初めて見た)

相手がまるで意識しないので、泉水子のほうも、ものおじを捨てて観察してしまった。見ていて小気味よいくらいの食べっぷりだ。原始的な幸福——生き物の基本を見ているような気がした。

向かいで指を組んだ真響が、おもむろに口を開いた。

「まったくねえ。同じ日に生まれて、どうしてこうも食べる量がちがうのか。こちらが体脂肪率を気にしてるというのに、不公平よね」

　ほとんど食べ終えたせいか、真夏の耳にもその言葉が届いたようだった。

「運動量がちがうよ、運動量が。今日も力仕事してきたし」

「着いたその日から、どうして馬の世話なのよ」

「助かるって言われてさ。休み中で手が足りなかったって」

　真響は泉水子に言った。

「こいつはね、姉より馬を選んで家に残った、手のほどこしようのないやつなのよ」

　真夏が言い返した。

「お互いさまだろ。そっちはいつのまに、ダイエットするほど見栄坊になってんのよ。それくらいなら馬に乗れよ、いっぺんだぞ」

「ごめんこうむります。真夏の得意分野で努力したって、むなしいだけだもの」

「それを見栄っぱりというんだよ。だいたい、やせる必要なんかどこにもないだろう」

　泉水子はこっそり同意した。真響のプロポーションにダイエットが必要とは思えなかった。すらりと伸びて、しまるべきところはしまって、うらやましい限りなのだ。

「努力してコントロールするのが、女の子ってものよ」

　真響があごをそらせて言うと、真夏はあきれた顔をした。

「おまえ、今でもけっこう筋肉体質のくせに。女の子ってのは、ぽよぽよっとしたところがないとかわいくないんだぞ」

「あのねえ、セクハラおやじのセリフみたいなのやめてよ。一番嫌われるんだから、そういう無神経」

ぽんぽん言い合う二人を、泉水子はラリーを見るように見守った。真響が弟に姉さん風をふかすばかりと見えて、そういう力関係でもないらしい。

しかし、言い合いをしても二人の血の近さは感じとれた。似ていないと思った真夏だが、よく見比べると、眉《まゆ》の形や顔の輪郭など似かようものはある。色黒で野放図なふんいきが真響に合わないので、最初はそうとも思わなかったが、やはり骨格は似ているのだろう。真夏の顔立ちも、男の子としては繊細なほうかもしれなかった。

(きょうだい、わたしもほしかったな……)

二人をちらちら見ながらそう考えていると、真夏がふいに泉水子に目を向けた。

「ずいぶんおとなしいんだね。ええと、鈴原さん……だっけ?」

真響が顔をしかめた。

「何言ってるのよ。だれのせいよ」

「あ、紹介、まだだっけ」

真夏はくったくなく頭をかいた。

「じゃあ、自己紹介。宗田真夏です。流鏑馬《やぶさめ》の師匠が神奈川にいるんで、今度こちらに出てきて、なんとなく姉の学校に入っちゃいました。馬が好きです。勉強はキライです」

泉水子はぺこりと頭を下げた。

「鈴原泉水子です。ええと、特技はべつにありません……」

「そうなの？　なんかありそうに見える」

「ううん、できないことばかり多くて」

目をふせて口ごもっていると、真夏は元気よく言った。

「鈴原さんって、いいなあ。ぽよんとしてて」

「やめなさいと言ったそばから、あんたは」

真響が怒ると、彼は弁明した。

「だけど、初対面で警戒されたとき、こちらから心を開いて褒めないと、馬だってなつい
てくれないんだよ」

「それ、女の子を馬扱いする気？」

「あの」

泉水子はようやく口をはさむことができた。

「流鏑馬って、馬を走らせたまま弓を射るあれのこと？　神社のお祭りにある」

「そう、それ。よくわかったね」

真夏はうれしそうに身をのりだした。

「いくら乗馬クラブにかよっても騎射はできないんだ。日本古来の馬術というのは、伝える人が少なくて、知りたくても教わる場所が限られていて――」

「ストップ」

真響が断固としてさえぎった。

「初対面から、自分の狭い専門につっこんでどうするの。もっと身近な話題はないの？」

話の腰をおられた真夏は、少し考えこんだ。

「……じゃあ、うちのタビの話とか」

「馬の話禁止」

「……他に何があるだろう」

大きくため息をついた真響は、泉水子を見やった。

「ごめんね、こんなに無神経な弟だけど、これからよろしくね。こいつ、何言ってもこたえないから、言いたいことはどんどん言ってやって」

真夏もまた、神妙な顔で泉水子を見やった。

「すいませんね、こんなにワガママな姉だけど、どうぞよろしく。同室でたいへんでしょう、言いたいことはおれに言ってね」

図書館に足をはこんだ泉水子は、深行を見つけ出して報告した。

「宗田真響さんって、すてきな人だった。同じ部屋で仲よくなれそうな気がするの。親切だし、もの知りだし、これからは勉強のほうも助けてくれるって」

「よかったじゃん」

深行は開いた本のページを押さえたままだったが、意外に率直に言った。

「宗田はうじうじしたところがないから、大丈夫だろうと思った。ルームメイトが優秀だったのは運がいいな。女子同士で細かいことも助け合えるだろう」

（深行くんが喜んでいるのは、お荷物をバトンタッチできたからなのかな……）

泉水子はちらりとそう思ったが、深く考えないことにした。

「ねえ、宗田さんの弟も高等部に入学するの、知ってた？　宗田さんって三つ子のきょうだいだったんだって。もう一人はすでに亡くなっているけれど」

「三つ子の弟？　まじ？」

まばたきする様子を見ると、深行には初耳のようだった。自分のほうが情報量が多かったことがうれしく、泉水子は胸をはった。

「真夏くんというの。彼も無試験で入ったって。だから、少し安心しちゃった。そういう生徒は、わたしの他にもわりといたのかも」

「そうだったのか」

泉水子の言葉を認めて、深行は考えこんだ。

「高等部には、縁故入学者がけっこういるんだ……いったい、どういう目論見《もくろみ》だろう。わざわざ中等部をふるいにかけて、よそから試験免除でつれてくるというのは」

「だいぶ変なこと？」

泉水子はたずねた。真響の話と合わせると、中等部の競争のきびしさはうすうす感じとっていた。

深行は急に切り上げた。

「ふたを開けてみればわかるだろう。もしかすると、鈴原たちは、海外留学生の枠を使って入学したのかもしれないし」

「わたしが留学生ってこと？」

「いいんじゃないか、鈴原の場合。異文化交流の線で」

泉水子はむっとして深行を見たが、相手はもう本の続きを読みはじめていた。

第二章　一条《いちじょう》

一

入学式の朝がきた。

高等部の制服を身につけた泉水子《いずみこ》は、洋服ダンスの裏扉についた鏡をのぞきこんだ。縦長の鏡は、緊張気味の泉水子を映し出していた。白のシャツブラウスに深い赤のリボンタイ、胸ポケットにエンブレムのついたダークグリーンのブレザー、タータンチェックのスカート、紺のハイソックスというでたちだ。

冬服指定のブレザー以外は、中に着るものもスカートも数種類あって、気温や好みで調節できた。中学で着ていた制服に比べて自由度が高く、おしゃれをしている気分になれる。

（でも……似合っていない）

ため息をつきそうになって考えた。腰まである二本の三つ編みと、太く赤いフレームのメガネという、万年同じ自分であっては、何を着ようとかわり映えせず、紺の制服のころと似たようなものだと思える。

ドアがいきおいよく開いて、真響《まゆら》が駆けこんできた。朝一でシャワーを浴びてきた彼女も、すでに制服を着こんでいる。

「今、何分？　ああよかった、もうちょっと時間がある」

真響も自分の洋服ダンスを開き、泉水子と並んで容姿の点検を始めた。シャンプーしたてのさらさらの髪が、ブレザーの肩にまっすぐかかっているのを見て、泉水子は思わず声をあげた。

「髪、おろすことにしたの？」

「今日からイメチェン。おかしいかな」

「ううん、とんでもない」

ポニーテールを結わない真響は、急にしとやかな少女に変身したように見えた。勝ち気な瞳《ひとみ》の印象が和らいで、知的で冷静な部分が強調されるようだ。

「なんだか宗田《そうだ》さん、お嬢様っぽく見える」

「えへへ、中身はそう簡単に変わらないけどね」

真響は笑い、ビロードの細いリボンをヘアバンドの位置に結んで、もう一度ブラシをあてた。

「真夏《まなつ》が同じ学校に来たことだし、これからはもう少し差をつけて、かわいい子でいようかなあと。今さらに気づいたけれど、私、真夏と離れていると、あの子のぶんまで演じちゃうみたいなのね」

鏡に顔を近づけてリップクリームをぬってから、真響は続けた。

「なのに、あいつってば、マイペースに男の子になっていくだけみたいなんだもん。なんだか、損したような気がして」

「そういうものなんだ……」

どのようにしても真響なら、すぐに多くの人々を魅了するのだろうと、泉水子は考えた。そう思わせる材料なら、すでにたくさんあった。

(この学校に来る女の子たちは、みんな、きれいで活発で大人っぽい……宗田さんだけではない……)

「メガネ、やめようかな」

鏡を見た泉水子がつぶやくのを聞きつけて、真響がふり向いた。

「コンタクトにするの？」

「わたしの目、コンタクトは合わなくて」

メガネをはずした泉水子は、鼻のつけねをちょっとこすった。

「かけなくても、本当は見えないわけじゃないの。このメガネはお母さんにもらったもので……ちょっと、お守りの意味があったもので」

真響はまばたきして、泉水子を見やった。

「それじゃ、今までだてメガネだったの。そんな理由でメガネをかける人っている？」

「ううん、乱視はあるの。遠視も少し」

はにかんで笑ってから、泉水子は言った。

「でも、このフレーム、本当にここの制服に似合っていないと思う。そういうこと、考えてもいいんじゃないかって気がしてきた」

「そっか、いいんじゃない。なしですむなら、そのほうが」

真響も気軽にうけあった。

「じつはひそかに、泉水子ちゃんって、メガネで得する顔じゃないと思っていたんだ。かけないほうがずっとかわいい、ぽわんとしたよさがメガネで隠されちゃう。なしで過ごせるかどうか、少し試してみたら？」

「そう言ってくれるなら、やめてみる。目が疲れたら、またかければいいから」

「私たち二人とも、高等部から心機一転だね」

泉水子と真響は顔を見あわせて笑い、元気よく部屋を出た。


入学式会場になる講堂の掲示板には、新一年のクラス分けが貼りだしてあり、人だかりができていた。その順番で会場の席につくためだ。クラスがABCの三組に分かれていることや、クラス別に並べてある生徒の氏名は、高く掲示してあってよく見えた。

泉水子はがっかりした声音になった。

「いっしょのクラスになれなかったね。宗田さんはA組で、わたしはC組になってる」

「もうわかるの？　本当に遠視なんだ」

真響は驚いてみせた。二人が立ち止まったのは、掲示板前に立つ生徒たちに加わってからだった。泉水子がA組の氏名を見続けていると、そこに相楽《さがら》深行《みゆき》の名前もあった。以前に図書館で出会った高柳《たかやなぎ》一条《いちじょう》の名前もある。

（……もしかすると、このクラス分けは、成績の上から順？）

宗田真夏が泉水子と同じくC組だったが、その疑いを強める要素にしかならなかった。

落胆した泉水子の様子を見てとって、真響はなぐさめるように言った。

「クラス別といっても、鳳城《ほうじょう》の場合、それほど固定したものじゃないのよ。選択のコマ数が多いから、いっしょの授業もとれると思う。ガイダンスを受けたあとで時間割の相談をしよう」

泉水子がまだ気をとりなおさないうちに、かたわらで快活な声がした。

「よっ、A組だって？」

真響の肩をたたいたのは、晴れやかな表情の真夏だった。姉とクラスが離れてがっかりした様子はみじんもなかった。

「よかったじゃん。おれがそばにいるとボロがでるでしょ」

「大きなお世話」

反射的に言い返してから、真響は思いなおして弟を見やった。

「あんた、C組になったんだから、私のかわりに泉水子ちゃんに気をつけてあげてよ。初めてのことばかりなんだから」

真夏は鼻先で笑っただけだった。

「幼稚園児じゃあるまいし。ねえ、鈴原《すずはら》さん？」

「こいつに言ってもむだか……」

ため息をついてから、真響は泉水子に向かった。

「それなら、泉水子ちゃんに言うね。真夏がまわりから浮かないよう、クラスで気をつけていてくれる？　それに、どこにいようと図太いこいつの態度を観察して、少し見習うといいよ」

泉水子はうなずいた。幼稚園児と言われたことはひそかに痛かった。たしかに、この程度で心細いなどと思ってはおかしいし、真夏ひとりだけでも、C組に見知った顔があったことを喜ばなくてはいけないのだ。

「これからよろしくね……宗田くん」

かたくなって告げた泉水子だったが、真夏にかるく一蹴《いっしゅう》されて終わった。

「もっとオリジナルなことを言いなよ、鈴原さん。さあ、中に入ろう」

しばらくして始まった入学式は、中学校とも似たり寄ったりのセレモニーだった。校長のスピーチやら、理事長スピーチやら、来賓者のスピーチなどが退屈に続く。

新一年は一番前に座らされたが、C組の泉水子は六列めくらいでやや気が楽だった。小さな中学校から来た泉水子には、一学年百名ちょっとの人数がずいぶん大勢に感じられる。その中に外国人留学生が十七名いるという。同数をクラスに分けても五、六名いることになり、これもずいぶん多いと思えた。

在校生として歓迎の言葉をのべたのは、知的美人の生徒会長だった。フレームレスのメガネが聡明《そうめい》さの一部に見え、泉水子は「メガネで得する顔」がどのような顔立ちか、よくわかったような気がした。続いて、新入生側の代表のあいさつに立ったのは高柳一条だった。

（和宮《わみや》くんと似ていても、正反対の人だな。一年生のだれより早く、この場の全員に顔と名前を憶《おぼ》えられる生徒が彼というわけか……）

そつのない高柳のスピーチを聞きながら、ぼんやり考えていたときだった。泉水子は、かすかな衝動を感じた。今すぐ席を立って逃げ出したい気分――じっとこらえるとわき腹が痛み、背筋が寒くなる、パニックの兆候だった。

泉水子は以前、修学旅行で初めての東京へ出てきて、ひどいパニックに陥ったことがある。空港や駅の人混みに黒い影を見て、その中から無数の目が自分をつけねらうのを感じた。冷や汗がとまらなくなるほどの、どうしようもない恐怖だった。

けれども、雪政《ゆきまさ》に言われて以来おさまったし、今年は都会の人混みを歩いても、ほとんど平気でいられた。慣れが必要だったのであり、気にしない胆力さえあれば、本当の脅威にはならなかったのだ。

今、この講堂に何百人も集っているのはたしかだが、全員が学園の関係者であり、身元もわかっている人々なのだ。雑踏が平気になったというのに、この場所で怖くなるはずがない——泉水子はけんめいに自分に言い聞かせた。

しばらく念じていると、きつい不安はようやく遠ざかり、泉水子は肩の力をゆるめた。

（こんなに簡単に、神経質になってしまうなんて……）

今度は自分に腹が立ってくる。くちびるをかみ、こんなことではだめだと考えた。

高等部から新規で参入した生徒は三分の一近くいるという。さらに留学生たちもいて、新しい環境に慣れないのは自分だけではないはずなのだ。

（幼稚園児と言われないよう、しっかりしなくては。宗田さんとクラスが別々だった程度で、びくついているからこうなるんだ……）

式が終わると、各クラスに分かれての最初のホームルームだった。

教室棟は、三階が三年、二階が二年、一階が一年とわかりやすい。C組が校舎の端で、A組の先に特別教室が並んでいる。

泉水子は、廊下で深行の姿を見かけたが、向こうは気づいていなかった。こんなときに何を言う深行でもないので、目が合えばいいとも思わなかった。

(……東京の学校へ来ようと、本当に周りから浮かないな。深行くんは)

深行がそばの生徒と話しながら行く姿は、余裕たっぷりに見えた。山奥の中学の男子と、学園の男子はかなりちがって見えるのだが、どちらにも平気でなじんでいる。

鳳城学園に来て、泉水子が最初に気づいたのは、男子でも着こなしや髪のスタイリングに凝る生徒が多いということだった。流行に敏感で、男女の区別なくおしゃれなのだ。深行は、それほど装いに凝りはしなかった。どちらかというと、折り目正しい正統派だ。それですませるところに、かえって自信がうかがえるものはあった。実際、ちゃんと見映えしていた。

(鳳城の高等部にも、深行くんの出来のよさは通用するんだろうな……)

なんとなくため息をつき、C組の教室に入った泉水子だが、そこで一瞬立ちすくむことになった。

式場よりもっと強く、脅威のある気配がするのだ。

鼻にぶつけられたように濃密で、今は気の迷いと打ち消せないものだった。

後ろから来る生徒がいるので、押されて教室に入ったが、三十ほどの机の並ぶ室内が、わなにはまるように狭い場所に感じられた。跳ねあがった心臓をなだめながら、ぽうぜんと空いている席に腰を下ろしたが、しばらく体じゅうで鼓動を打っていた。

（C組に……このクラスに何かがいる……）

座った席は前から二番目だったが、泉水子には背後を見回すことができなかった。気のせいだったらいい、すぐに発作がおさまればいいと、必死になって願い続けたが、やっぱり冷や汗が浮かんできた。

ただ、去年に見た黒い影と同じものではないと、どこかで理解できるものだった。泉水子は相手に注目されていない——つけねらわれるから恐ろしいのではない。けれども、同じ教室内にいるのでは、あまりに距離が近すぎた。気づかれたらどうなるかわからなかった。

他の生徒たちは、何も感じていない様子だった。顔見知り同士が寄り合ってしゃべりはじめ、その他の人々も、少しずつ隣近所と言葉を交わしている。話し声が高まったあたりで、担任教師が姿を現した。

「校長の紹介にあったとおり、僕が担任の笹本《ささもと》です」

ホワイトボードの前に立った笹本は、三十代くらいの中肉中背だった。あっさりした顔立ちで、よれよれと言わずにすむ程度の背広とネクタイ。平凡で穏当な、どこにでもいそうな教師に見える。

「専科は数学。担任の一年間に少しでも数学を苦手にする人が減ると、僕としては非常にうれしいです。それでは、さっそくだけど、みんなの自己紹介を始めようか。中等部から上がってきた諸君も、初めて見る顔が多いでしょう。高等部の生徒は、全国のあちこちから来ているし、何と言っても新しく留学生が来たからね」

ファイルのページをめくって、笹本は続けた。

「ええと、留学生は五名だね。オーストラリア、イギリス、韓国、そしてブラジルから二名。日本語にはまだ不慣れな生徒たちなので、他のみんなは積極的に仲間に引きこんで、早く学園になじむよう手助けしてあげてください。そのぶん、きみたちが得られるものも多いと思うよ。では、今日の自己紹介に名前、出身地、中学で得意だったこと、鳳城を希望した理由、今後の抱負、そのくらいはしゃべってね」

留学生のために、笹本は説明を英語でくり返した。それほど上手な発音ではなかったが、日常会話にさしつかえなく話せることはたしかだった。

「それではトップバッター、きみからどうぞ」

一番前の列に座っていた生徒から、自己紹介が始まった。泉水子は気持ちに余裕がないために、かえってあまり上がらずにすんだかもしれなかった。何を言うか思い悩むひまがなかったし、終わったら何を言ったか思い出せなかったのだ。

ただし、教室の前に立ってもずっと下を見ていたし、消え入りそうな声音だったので、途中で笹本にもっと大きな声でと注意された。周囲には十分上がって見えたのはたしかだった。

自分の番がすむと、泉水子も、少しずつ他の生徒のスピーチに意識を集中できるようになった。怖くて顔を見ることのできない、泉水子の背後に座った生徒たちに順番が回っていく。

自己紹介をするのは、今のところふつうの生徒ばかりだった。

新クラスのメンバーがひとりずつ前に立つというのに、泉水子には特徴をつかむことができなかった。どの生徒も、ふつうだという一点で泉水子に好意をもたれるとは思わなかったにちがいない。だが、恐怖しないですんだだけで、ひたすらありがたかった。つぎの生徒が進みでるまでが緊張してつらかった。

(この人は平気だ。よかった、この人も大丈夫……)

宗田真夏も泉水子より後ろに席を取っていた。彼が元気よくボードの前に立つ姿は、他の生徒よりも周囲を明るくするように見えた。

「長野県長野市から来ました。親戚《しんせき》が北海道で競走馬を育てていて、小さいときから馬に乗ってます。鳳城へ来たのは、きょうだいがいたからです。前はジョッキーになることが夢だったけど、なれなくても別にかまいません。背が伸びすぎると難しいんで。でも、東京の馬術大会には出てみたいかな」

担任の笹本が口をはさんだ。

「うちの馬術部は、去年、関東大会まで出場しているよ。それならきみは、馬術部に入部するために来たんだね」

真夏は笑顔になったが、意外に慎重な発言をした。

「さあ、入れるかどうか。ただ、馬のめんどうを見るのが好きなんで、世話するだけでも、おれ、ぜんぜんかまわないんです」

言うことが馬に終始しているところは、食堂での自己紹介と同じだった。彼の開けっぴろげな態度には、まわりを引きこむ力がある。C組内の空気がやわらいだのが、泉水子にも感じとれた。だれだって動物好きに悪い人はいないと思うものだ。

（いい自己紹介だな。真響さんだって安心する……）

いくらか気持ちが楽になり、泉水子は初めてこの場以外のことに思いをはせた。

（A組では、どんな自己紹介をしているのかな。深行くんのやり方は、だいたいわかるような……）

カタツムリがゆっくり角を伸ばすように、ようやく体がほぐれだした。しかしながら、それも十分ほどしか続かなかった。真夏の後、三人目に進み出た男子生徒を目にして、今度こそ完全に凍りつくことになったのだ。

ボードの前で向きなおった生徒の顔を、泉水子は見ていることができなかった。

そこに目鼻があるように見えないのだ。黒っぽいしみのようなものが浮かび、顔立ちをぼやかして、くちびるの動きも見てとれない。暴れる心臓の響きが耳にがんがんと鳴って、そのクラスメイトが何を言っていたかもさっぱり理解できなかった。


「鈴原さん、具合悪いの？」

すぐそばで声をかけられ、泉水子が顔を上げたとき、ホームルームはとっくに終了していた。泉水子の机のわきに真夏が立ってのぞきこんでいた。

「変だよ。元気ない」

「あ……ううん」

とっさに否定の言葉がでた。真夏の浅黒い顔を見たとたん、自分のひとりよがりに思えたのだ。彼はこんなに平然としているし、クラスのだれ一人としてさわぎたてたりしていない。

「平気、ぼんやりしていただけ……」

「なら、いいけど」

真夏はしつこく言わなかった。

「早く行かないと、いい席がなくなるよ。合同ガイダンスがあるんだろ」

教室のほとんどの生徒は、もう席を立っていた。気がついて立ち上がった泉水子は、思いきって真夏にたずねてみることにした。

「あの、ね、宗田くんの席の並びの一番廊下側に座っている人、なんていったっけ……」

「リカルドのこと？」

泉水子はくちびるをかんだ。

「リカルド……」

「ブラジルの留学生だろ」

「あの人の言ったこと、よく聞き取れなかったものだから。ちょっと」

不自然な声で言いつくろったが、真夏は気にとめなかった。

「ああ、たしかに声が小さかったかな。人見知りなやつもいて当然だよ。おれたちが親切にしていれば、そのうちなじんでくるんじゃないか」

（外国人留学生だった……）

泉水子はがくぜんとしていた。目にしたショックで、留学生ということにさえ気づけなかったのだ。

「どうしたの、ほんとに」

「ううん、何でもない」

首をふりながら、泉水子は絶望的に考えた。

(だれにも言えない、外国人生徒が怖いなんて。宗田くんにだって言えない。そんな偏見をもっている人間、だれが聞いても軽べつするにきまっている……)

真夏がくすっと笑った。

「なんかさあ、鈴原さんって、真響が言うのもちょっとわかるような気がするよ」

再び講堂に集まって、授業のガイダンスが始まった。学年主任の説明によると、英語、数学、国語の授業は今のクラスで行われる。ホームルームを含めるとけっこうなコマ数になるので、泉水子はひそかにがっかりした。けれども、体育は学年の男女別に合同で、その他はクラスの制約のない選択科目に分かれるらしい。

泉水子がどっさりあるプリントに目を回しかけていると、向こうの席から真響がやってきた。自分のクラスより、真夏と泉水子のいるC組が気になったようで、そんな様子を見るのはうれしいものだった。A組にも真響の関心をひきたい生徒は多く、それをふりきってきたことが、背後の様子でわかるのだ。

「どうだった。あれ、泉水子ちゃん、元気ないね」

顔を見るなり、真響は言った。

「なんだか顔色悪い。何かあった？」

一瞬、泉水子は打ち明けそうになった。けれどもやっぱり、真響にも言えるものではなかった。真響は、そばにいた弟をとがめるように見やった。真夏は腕を伸ばして大あくびをしたところだった。

「鈴原さん、緊張したみたいだよ。初めてのクラスで」

「あんたはもう少し緊張しなさいよ。ガイダンスはちゃんと聞いた？」

「眠かったー」

勢いよく立ち上がると、真夏は言った。

「どうせ、授業の選択は真響にまかせるし……そういうの、真響の分担だろ」

「あきれた。興味のある科目さえないの？」

「あるよ。体育」

真夏は解放された喜びを表現して、手をふって離れていった。

「もうっ」

見送った真響は、悔しげに泉水子に言った。

「約束どおり、いっしょに授業を組もう。真夏のやつ、あとで泣いたって知らないから。全部私たちと同じに組んでやる、家庭科も芸術も」

泉水子は思わず笑みを浮かべていた。真響がどうしてこれほどめんどう見よく育ったか、今はわかるような気がしたのだ。

「宗田くん、すぐにクラスになじむと思うよ」

「どうだか」

真響は、ふと注意を泉水子にもどした。

「泉水子ちゃん、急にメガネをやめて、やっぱり調子が出なかったのでは？　目のせいで頭が痛くなることってあるよ」

泉水子は顔に手をやり、いつものフレームがなかったことに気づいた。すっかり忘れていたとは自分でもあきれるが、なりふりを気にかける情況でなかったのもたしかだった。

「ううん、目は平気。メガネがないこと、思い出さないくらいだったもの。宗田くんの言うとおり、緊張したからだと……」

言い終える前に、泉水子はぎくりとした。メガネなしで見え方が同じだったと、本当に言い切れるのだろうか。こんな目にあったというのに。

（……まさか、メガネをかけなかったせいで、見えたというのでは）

何かがちがっていたのはこのせいだったのかと、泉水子はようやく思い至った。母のメガネを「お守り」と呼びながら、どうしてそう呼びならわすかは気にしなかった。安易にはずしてはいけないものだなどとは、考えも及ばなかったのだ。

（わたし、いくつのときからメガネをかけはじめたんだっけ……）

その夜ベッドに入ってから、泉水子は思いめぐらした。よく思い出せなかったが、小学校に上がった時点で、すでにかけていた気がする。

以前から、瑞穂《みずほ》の病院で乱視があると言われていた。けれども、日常生活にはほとんど支障がなく、ときどきメガネをかけるのは、泣いたときのおまじないだった。

（なかなか泣きやまないと、佐和《さわ》さんがメガネを出してきて、お母さんのメガネがあるから大丈夫と言うんだった。あれは、いつも、お母さんが帰ってしまった後に、わたしがだだをこねていたからだ……）

警視庁勤めの紫子《ゆかりこ》は、紀伊《きい》山地の山奥にはそうそう帰ってこられなかった。今では母に会えないことにも慣れ、母は会いたがっていないのではと考えるまでになっているが、小さいころはやはり恋しく、来たかと思うとすぐに帰ってしまうことが悲しかったのだ。

「あなたの目は私に似て、よく見えすぎるから」

紫子が笑ってそう言ったことも、ぼんやりと思い出す。遠視気味なことを言っていると思っていたが、姫神《ひめがみ》憑きの体質を母から受け継いだことを知った今、考えなおすべきかもしれなかった。

（お母さんがよく見ていたものが、ああいう変なものだとしたら……）

泉水子の三つ編みは、紫子が編んで封印をほどこしたと言われている。去年、自分で前髪を短く切ってみたところ、いろいろおかしなことが起こるようになってしまった。和宮の姿が見えたのも、黒い影が見えたのも、髪を切ってからだった。母にわたされたメガネにも、理由があったのかもしれない。

小さいころから怖がりで、よく泣いた泉水子だった。小学校で泣き虫だとばかにされた。だから、なるべく怖いものを見ないよう、母は自分のメガネをくれたのかもしれない。

(わたしは、外見を気にして、またやってしまったんだろうか……)

掛けぶとんをぎゅっと握って、泉水子は考えた。

だが、どれほど反省してもすでに遅かったのだ。

翌朝、今度こそメガネをかけてC組の教室に入った泉水子は、むだだとさとった。どうやら、一度見てしまうともとにはもどらないのだ。

たしかに、つぎの日ふつうに見えたからといって、警戒しないですむことにはならない。怖いものだと気づいてしまった以上は、見えていたほうがましかもしれなかった。とはいえ、目の隅に入っただけですくみあがる、異様な生徒と同じクラスでつきあい続けることが、はたして可能なのかどうか、泉水子には見当もつかなかった。

二

母のメガネの防護を失ったことは、日に日に明らかになっていった。

一度ショックを受けて、泉水子が過敏になってしまったのか、メガネをかけてももう意味がなかった。見たとたんにぞっとする生徒は、教室の外にもいて、メガネのあるなしにかかわらず出くわしたのだ。C組のブラジル人留学生だけではなかった。

たまに廊下ですれちがったり、合同の授業で近くに座ったときに、いきなり氷水を浴びせられた気分になる。困ったことに、ほとんどの場合が外国人留学生だった。これでは人種差別になってしまうと、泉水子自身が考えるくらいだ。

彼らが、何かをするわけではない。話しかけられたことも一度もなかった。勝手に怖がっているだけだと、何度も自分に言い聞かせた。それなのに、平気になれなかった。しまいには外国人が目に入るだけで落ち着かなくなっていたのだ。

(……わたしはやっぱり、この学園に来るべきではなかったのでは)

こんな思いをせずにすむ、静かな玉倉山《たまくら》に帰りたかった。佐和の手料理が恋しく、神社の毎日とお山の空気がなつかしかった。

新入生歓迎会が終わって、部活動の仮入部期間に入ったところだった。放課後には、上級生の勧誘活動がさかんに行われるようになっている。活発な交流をだれもが楽しんでいる中で、泉水子はこれが苦痛だった。校舎をのがれて、なるべく他人を見ずにすむ場所へ行こうとうろうろした。

（こんな調子では、友だちもできそうにないし……）

真響は変わらず世話焼きで、いっしょに見学をしようと言ってくれる。だが、彼女はあまりにひっぱりだこなので、泉水子がそばにいるのは無理だった。どうやら、宗田真響の争奪戦が起こっているらしく、当人も逃げているありさまなのだ。

学園を囲む丘の斜面は、いつのまにか鮮やかな新緑で埋められていた。満開の桜も木々の芽吹きも目に入らず、季節がここまで進んでいたことに気づく。

泉水子は、久々に木陰に立ちたいと思った。目をつぶれば、玉倉山に帰った気分になれるかもしれない。

木立に分け入るつもりだったが、途中で馬場が目にとまった。馬術部の生徒が馬に乗って巡り、柵《さく》の外で数人がながめている。当然ここでも新入生の見学が行われているのだった。

泉水子は警戒して遠回りしたが、怖いものの気配がしなかったので、いくらか柵に寄ってのぞいた。真夏が来ているのではと思ったのだ。だが、彼の姿は見あたらなかった。

馬術部の活動を見るのは初めてだった。立ち止まった泉水子は、めずらしさにしばらく見入った。馬に乗った生徒は、思っていたより高い位置に見える。馬は本当に大きな生き物だったのだと感心する。

　馬術部の騎手はヘルメットをかぶり、ブーツをはき、手袋をはめていた。たづなを操る姿を勇ましく思いはしたが、それ以上に、躍動する馬の姿が目に快かった。つややかな赤茶色の胴体に太い筋肉が波打っている。ひづめまでの脚先は骨と腱《けん》が長く伸び、走るために生まれてきたかのようだ。歩むスピードを徐々に上げると、交差する四本の足が音楽をかなでるように優雅だった。

（なんだろう、この感じ……安心できる）

　馬が巡っている馬場は、日射しのせいばかりでなく明るく見えた。泉水子はメガネをとってみた。効果がないとわかってからも、むなしくかけ続けているメガネだが、思わず裸眼でためしたくなったのだ。

（どうしてなんだろう。怖いものを見るという気がしない……）

　今まで、馬を好きだと思ったこともきらいだと思ったこともなかった。それなのに、なぜか落ち着くものがある。

「何してんだ、こんなところで」

　ふり向くと、いつのまにか後ろに深行が立っていた。あきれた目つきで泉水子をながめている。

「入部する気があるのか。止めはしないが、無謀だな」

意外なのは泉水子も同じだった。深行ならどこの運動部でも不思議はないが、ここで見かけるとは思っていなかった。

「馬術部に入るつもりなの？」

「とんでもない」

あっさり否定すると、深行は馬場に目をやった。

「入るわけないだろ。おれは馬はきらいだ」

「きらいなのに、わざわざ見にきたの？」

「見にきたってわけじゃない。ちょっと用があっただけだ」

そう言いながらも、深行はけっこう熱心に馬の姿を見ていた。泉水子は思わずたずねた。

「どうして、馬はきらいなの？」

「うそがつけない」

馬場を見つめたまま深行は答えた。

「愛想笑いがむだになるような、そういう場所で勝負したくないね。大成《だいせい》さんの言ったことが、少しは気になるけど、全体におれ向きじゃないよ」

泉水子はこっそり肩をすくめた。

（……けっこう自覚あるんだ。自分に裏表があるってこと）

深行の愛想笑いが、真実有効なのは泉水子もこれまでに見てきた。本人も承知で使っているらしい。

「相楽くんも高等部からは、どこかの部には入るつもりなんでしょう」

「どうかな、結局どこにも入らないかもしれない。勧誘はうるさく来るんだが」

たいして気にとめない様子だった。自慢する気もなくそう言っていると、泉水子は考えた。どこからも誘われない自分とはちがう。

深行がふいに指摘した。

「それ、かけずに見えているなら、どうして今までかけてたんだ」

泉水子が手にもったままのメガネを言っているのだった。泉水子はためらった。話そうかと一瞬迷ったが、つい、楽な話に逃げていた。

「小さいころ玉倉神社で会ったとき、わたし、もうメガネをかけていた？　いつからか思い出せないんだけど」

「かけてない。お下げはまんまだが」

深行はすぐに答えた。記憶力はたいてい彼が上なのだ。

「メガネをかけた子の顔面に、サッカーボールはぶつけない。おれだって、そのくらいのわきまえはあった」

「それって、わきまえ？」

あきれて問い返していたとき、後ろで真夏の声がした。

「あれ、鈴原さんだ」

ふり返ると、穴のあいたジャージにゴム長靴の真夏がいた。馬に乗った部員とはちがい、かけらも外見にかまわない身なりだった。それにふさわしく汚れてもいる。泉水子は目をまるくした。

「宗田くん、何してるの」

「見てのとおりだよ」

彼は、作業用の一輪車を取りにきたらしかった。車を押してきて、真夏は笑った。

「本当はさ、表に顔を出すなと言われてるんだ。かっこいいと思って見ている入部希望者が逃げちゃうでしょ」

泉水子の隣で、深行がまじまじと真夏をながめていた。

「宗田弟？　C組の？」

「宗田真夏だよ、そっちは？」

「相楽だ。A組の」

「あ、なんか聞いたことがある」

深行が名のると、真夏はむぞうさに言った。だが、何のこだわりももっていないようだった。

「馬に興味ある？　申し込むと体験乗馬をさせてもらえるよ」

「いや、いいんだ。じつをいうと、ちょっと話したいことがあった」

「おれに？ 何の話？」

真夏は意外そうだった。泉水子もびっくりして深行の顔を見た。ところが、深行はそんな二人を前にして、ばつの悪そうな表情になった。

「いや、今日はやめておく。またあらためて話しにくるよ」

用向きが言い出せない深行など、見たこともなかった。泉水子がぽかんとながめていると、その場を去りかけた深行は、思いなおして足をとめ、真夏にたずねた。

「ＳＭＦって、聞いているか」

「知らないなー」

「じゃ、いい。また今度」

深行は片手をあげ、足早に坂を下っていった。真夏は後ろ姿を見送った。

「変なやつ。わざわざここまで来ておいて」

泉水子は黙っていた。真夏は不思議そうにその顔を見た。

「あいつよく知ってる？」

「ううん、それほどでも」

答えながら、自分の知らないものごとで深行と真夏がつながっても、何もおかしくないのだと考えた。泉水子が多くの生徒たちの輪からはずれているだけなのだ。

(怖がったり、逃げたり避けたり、そんなことしかしていないからだ……)

うつむいて考えこんでいると、真夏がふいに言った。

「鈴原さん、馬の世話をしてみる？　馬房をきれいにしてやったり、かいばをやったりすると、馬がかわいくなるよ。気持ちよく触らせてくれるようになると、それだけでいやなことを忘れる」

泉水子はまばたいて顔を上げた。

「わたし、馬と仲よくなれるかな」

「人間よりもね」

真夏はさらりと言い、見透かされた思いでどきりとした。しかし、真夏の笑顔はくったくがなかった。

「馬ってのは物音や影に敏感で、なまじっか視野が広いから、大きな図体しているくせにひどく臆病《おくびょう》なんだよ。天敵がひそんでいた昔のことを忘れないんだ。鈴原さんって、けっこう似たもの同士だと思うな」

泉水子は馬の姿を見つめ、安心感はそのせいなのだろうかと考えた。だが、それを認めるのも悔しいような、もやもやした思いが残った。

(他人を恐れているから、わたしはこうなんだろうか。わたし、このまま理由もわからずに怯《おび》えていて、本当にそれでいいんだろうか……)

たとえ、このまま外国人になじめず、学園を去ることになったとしても、自分が何を恐れたかを知っておくべきだ。泉水子《いずみこ》はついに覚悟を決めた。

（わたしの目が、どれほどおかしな乱視だとしても、気味悪く見えない留学生だっているのだ。リカルドがどうしてはっきり見えないのか、そのわけを知っておかなくては。このまま玉倉山に帰ったら、どこへも出られない人間になってしまう……）

目にするまいと避け続けるのをやめて、リカルドを正面から見すえてみなければならなかった。どれほど寒気がしようとも、一度しっかり目に焼きつけて、それから退学するかしないかを決めようと思った。

そして――

一時間目の授業を受けながら、泉水子は、ついに見たものに唖然《あぜん》としていた。握ったペンケースの中身がカタカタ鳴りだしたので、あわてて机に押しやる。

（あの人、ブラジルから来たのではない。本当は、外国人留学生でもない。あの人は、本当は、人じゃない……）

今までどんなに怯えたとしても、彼が人間でないという確信まではなかった。だが、正視してさとったとたん、相手も泉水子に気づいた。

どんなに目をこらしても、リカルドの顔はなかった。しみのようなものが浮いて見えるだけだ。よく見れば、制服の手足もどことなく色褪《いろあ》せていた。身動きがたよりなく、少しにじんで後に残るようでもある。

そんなリカルドなのに、泉水子が見すえたことはわかったのだ。いきなり動きを止め、強くこちらを探り出したのを感じた。

（ひょっとして、わたし、とんでもないことをした……？）

国語の教師がやってきたので、泉水子は衝撃を押し隠して席についた。だが、手が震えてペンケースから筆記用具を出すこともままならなかった。背中に、今までになく強い視線が突き刺さる。泉水子にねらいをさだめていた。

悲鳴を上げ、教室を飛び出さないためには、あらん限りの努力が必要だった。泉水子にはまだ、さわぐだけの証拠がなかった。留学生を人外のものと言いたてては、非難は泉水子に向いてしまう。

チャイムが鳴るまでを、これほど長いと感じたことはなかった。鳴れば、どんな理由をつけても教室にもどらないつもりだった。だが、もともと敏捷《びんしょう》さに欠ける泉水子なので、いくらかもたついた。そのわずかの間が命取りだった。動いたという気配もなく、リカルドは泉水子の机のわきに立っていた。

とても顔を向けることはできなかった。泉水子もすでに立ち上がっていたが、身動きができない。うなじの毛が逆立つ思いで息を止めていると、初めてリカルドの声が耳に届いた。内側から聞こえるようなくぐもった声音だった。

「昼休ミ、視聴覚ルーム、来テクレマスカ」

片言に聞こえたが、意味は明瞭《めいりょう》だった。泉水子が返事をしないと、相手は単調にくり返した。

「来テクレマスカ」

そばにいることが耐えられなくなり、かすれた声が出た。

「わかった。わかったから、もう向こうへ行って……」

リカルドはいくらか後ろに下がったようだった。あとを見ず、泉水子は教室の戸口へ突進した。

リカルドの正体を知るとともに、ひとつ理解したことがあった。泉水子は、真相を直視することができる——だが、それへの対処はできなかった。

今まで、泉水子はA組へ自分から出向いたことがなかった。真響《まゆら》はよくC組まで会いに来てくれるが、逆は気おくれしてできなかったのだ。真響が、最近の泉水子の態度をおかしいと感じていることもうすうす察していた。相談する勇気をもてなかった、ぐずな自分がいまいましかった。

勢いのままにA組の教室に駆けこんだ泉水子は、息を吸いこんだ。

「相楽（さがら）くん」

呼んでしまってから、そのことに本人が一番たまげた。寸前まで真響を呼ぶつもりだったのだ。だが、先に目に飛びこんだのは深行《みゆき》の姿だった。

深行はぎょっとしたようにこちらを向いたし、周囲のA組生徒も同じだった。真響も同じ一角にいて、不思議そうに言った。

「泉水子ちゃん……?」

われに返った泉水子は、あわてて自分の口を押さえた。信じられないほど大胆な行為をしたと、真響の表情で気づいたのだ。よそのクラスへ来て、公然と特定の男子を呼び出してしまった。

だが、深行には、これがただならない事情と伝わったようだった。近づいてきて、低い声でたずねた。

「緊急?」

泉水子は口を押さえたまま必死にうなずいた。深行はクラスの人々が注目するのをちらりとふり返ったが、そのまま教室を出た。

「ついてこいよ。話を聞く」

特別教室棟の階段下で、泉水子はつっかえながら一部始終を語った。

あわてて要領よく説明できなかったし、話す途中に自分でも、妄想と言われてもしかたがないという気がした。思ったこと感じたことばかりで、具体性をもつできごとは何もないのだ。

深行は、少なくとも笑いはしなかった。泉水子の話がすむと、考えこむ顔つきだった。

「外国人留学生か……そりゃ、ずいぶんいろいろなやつが来たとは思ったが」

「だれでも怖いわけじゃないの。見慣れないのは認めるけど、でも、全員というわけじゃない」

「おまえは日本人でも怖がるだろ、男子ってだけで」

あっさり言われて、泉水子は力が抜けた。否定はできないが、怖さのレベルも色合いもまったくちがうということを、わかってもらえないのだろうか。

深行はさらにたずねた。

「昼休みにそいつに呼びだされる理由、本当に何も思いつかないのか。思わせぶりな態度をとったとか、言ったとか」

「思わせぶりって？」

とまどって聞き返したが、深行は説明をはぶいた。

「C組へ行って、顔を見てきたほうが早いな。リカルドってやつがどの生徒か、おれにも教えろよ。自分の目で確かめてみる」

廊下を歩き出した深行を追いながら、泉水子はうらめしげな声を出した。

「わたしの言うこと、信じていないでしょう。勘ちがいだって言いたいんでしょう」

「そんなことはない」

深行は意外な返事をした。

「ばかにするのは簡単だが、おれも去年、和宮を見ている。あいつがこの世にいた――というか、いたと自分が認めた以上、変なものが鈴原のそばをうろうろしていたとしても、はなから否定はしないよ」

（……考えてみればそうだった）

泉水子は急に気がついた。短時間で話が通じるのは、それが深行だからなのだ。なぜか思いつかなかったのは、軽べつされると思いこんでいたからだった。

もう一度C組に入る勇気をもたないまま、戸口の陰からリカルドの席と人物を教えると、深行はどうどうと中へ入って行った。真夏《まなつ》を見つけて声をかけるなどして、一、二分でもどってくる。どこから見ても自然なふるまいで、ポーカーフェイスだとつくづく思わされた。

「あの人の顔、見えた？」

声を殺してたずねると、深行はうなずいた。

「見えた。おかしいとまでは言えないな。日系なのか、あまり濃い顔じゃなかったし、ずいぶんおとなしそうな生徒だとは思うが」

やっぱりそうなのかと、泉水子は肩を落とした。

「クラスのだれも気づかないから、みんなにもそう見えていると思う。でも、わたしには顔がわからないの。声もとっても変に聞こえる」

どうすれば証明できるのだろうと、泉水子がけんめいに考えていると、深行のほうはいつのまにか携帯電話の画面をながめていた。泉水子は思わず言った。

「校舎内では携帯禁止じゃなかった？」

「方便だろ、そんなの」

深行は後ろめたさも見せずに言い返し、やや眉《まゆ》をひそめて画面を見続けた。それから、おもむろに泉水子に向けてさしだした。

「鈴原のほうが正しいらしいな。どうやらあいつ、ふつうの人間じゃない。携帯のカメラに写らなかった」

息をのんで、泉水子も画面をのぞきこんだ。

教室内の真夏とあと数人が写っているが、下方に薄いもやがかかり、もやを透かして彼らの姿が見える。手前にいるのがリカルドだというなら、顔が見えないどころの話ではないのだ。泉水子は背筋を寒くして身を引いた。証明されたら証明されたで衝撃的だということがよくわかった。

「どうしよう……こんな」

「視聴覚ルームに来いと言ったんだな？」

深行に確認され、泉水子はくちびるをかんだ。

「わたし、とても行けない……」

「来たばかりの留学生にしては、できすぎた場所指定だな」

深行が考えこむうちにチャイムが鳴った。携帯電話をズボンのポケットにつっこむと、彼は心を決めたように言った。

「昼休みまでまだ時間がある。おれは授業に行くが、何か対策を立ててみる。C組にいられなかったら図書館にでもいろよ。昼休み前にそちらへ行く」

「視聴覚ルームへ行かずにすむようにしてくれる？」

「そいつは無理だな。こういうのを相手にして、一度した約束を守らないのはよくない。もっとたちの悪いことが起きるにきまっている」

そう言ってから、深行はつけ加えた。

「ただ、相手が人でないとはっきりしていれば、それなりにやりようはあるんだ。正体をあばけるかもしれない」

問題の昼休みがきた。

図書館に来た深行に再び説得され、泉水子はしおれる思いで視聴覚ルームへ向かった。ひとりで対決しなくてすむようになったとはいえ、妙にはりきった深行のせいで、よけいに危険が増した気がしなくもなかった。

視聴覚ルームは三階のはじだった。教室の並びから遠く、特別教室前の廊下を通る生徒も見かけなかった。深行とも階段で別れたので、泉水子はしんとした廊下をひとりで歩かなければならなかった。

部屋の前まで来て、カーテンが暗幕になっていたことを思い出し、さらにしりごみする気分になった。けれども、もう引き返すこともできない。思い切ってドアを開けると、窓はやはり暗幕で覆われ、蛍光灯の明かりが内部を照らしていた。

手前は大型スクリーンになり、座席が奥に向かって階段状になっている。リカルドは、階段を一、二段のぼった中央に立っていた。

「アリガトウ、来テクレテ」

泉水子は思わずあえいだ。彼の気の弱そうな笑顔が見えたのだ。黒くちぢれた髪と浅黒い肌をした留学生がはっきり見える。いくぶん口調がたどたどしかったが、声もごくふつうだった。

「どうして……」

ぼうぜんとして、泉水子は今初めて目にする顔をながめた。リカルドはやさしげな男の子だった。何がどうなっているのか、さっぱりわからない。彼はさらに言った。

「質問アリマス。アナタハ人間デスカ?」

(どうしてそれを、そちらが聞く……?)

泉水子が絶句していると、後ろから乱暴に突き飛ばされた。ころびそうになって教室によろけこむと、異様な唱えごとが耳を打った。

「東海の神、名は阿明《あめい》、西海の神、名は祝良《しゅくりょう》、南海の神、名は巨乗《きょじょう》、北海の神、名は禺強《ぐきょう》、四海の大神、百鬼《ひゃくき》を避《しりぞ》け、凶災を蕩《はら》う。急々如律令《きゅうきゅうにょりつりょう》」

声の主を見ようと顔を上げたとたん、細かい石粒のようなものをひと握り、まともに顔面に投げかけられた。

「散供《さんげ》。悪鬼《あっき》退散」

悲鳴をあげ、泉水子は床に座りこんだ。痛いというより度肝を抜かれたせいだ。あたりに散らばる粒を見ると、小石ではなくなぜか生米だった。

「何するの」

「効かないのか。なら、本当に人間だったのか」

相手は手を止めた。すっかり混乱した泉水子がそこに見たのは、新入生代表の秀才、高《たか》柳一条《やなぎいちじょう》の姿だった。これほど奇怪なまねをしておいて、高柳の公家風の顔立ちは平然としている。演壇であいさつしたときと同じで、額にかかるまっすぐな前髪の下、細めたまなざしは冷ややかだった。

「らしくないくらい、髪が長いし、印象薄いし、いつも陰に隠れているようだから、てっきり主体じゃないと思った。まあいい、人なら人で対処の方法がある」

彼はブレザーの内ポケットから、千円札ほどの大きさに切った紙を数枚取り出した。朱墨《しゅずみ》の細い線で形象のようなものが描かれている。泉水子はそんなものを見たことがなかったが、気味が悪いことには変わりなかった。立てないまま、じりじりと後ずさったが、高柳は相手の怯《おび》えを気にかけなかった。

「どうしてリカルドが見破れたのか、話してもらうよ……」

患者がたじろいでも態度を変えない外科医に似ていた。泉水子は口を開け閉めしたが、言葉が出てこなかった。何を言ってもむだな気がしたのだ。

だが、高柳が泉水子の前にかがもうとしたときに、深行の声がした。

「いじめの現行犯ってところかな。このぶんだと」

戸口に深行が立っていた。この場の異常さを目にしたにしては、こちらも落ち着きはらっている。泉水子は胸をなでおろしながらも、もっと早く出て来てくれと言いたくなった。

ふり返った高柳一条は、薄いくちびるに笑みを浮かべた。

「おもしろい冗談だな。ぼくとリカルドが何をした？　この子に聞いても言えないと思うよ。それよりもそっちのほうが、教師が来るとまずいんじゃないの。最初から暴力をふるう気で、そんなものを持ちこんで」

深行は白木の弓を手にしているのだった。丈のある和弓に弦を張って立てている。

「矢は一本ももってきていないよ。教師が見てもだれが見ても、射るものなしに弓で人にけがさせるのは難しいんじゃないか。ただし、相手が人間以外のものだとしたら、事情が変わってくるかもしれない」

教室中央にいるリカルドに向け、弓をもつ腕を伸ばしてから、深行はたずねた。

「ためしてみる？」

高柳はあきれたように目を上に向けた。

「ばかばかしい。やりたければやれば」

「あっそう。じゃあ、遠慮なく」

深行が弓を引きしぼるのを、泉水子ははらはらして見守った。挑発に乗ってのことなら、やめたほうがいいような気がした。今の泉水子にはリカルドの顔が見えるということを、深行はまだ知らないのだ。しかし、言い出すこともできずにいると、深行は低く唱えた。

「ノウマク　サラバ　タタギャテイビャク　サラバ　ボッケイビャク　サラバタ　タラタ
センダ　マカロシャダ　ケン　ギャキギャキ　サラバ　ビギンナン　ウンタラタ　カンマ

ン……」

唱え終わると、指で弾《はじ》いた弦が鋭い音をたてた。泉水子には、深行が実際に矢を射たように思えた。直線的に飛んでいく何かを見たような気さえしたのだ。

リカルドは、少しも気にとめていないように見えた。深行が戸口で何をしようと関心がなく、笑みを浮かべて高柳のいる方向を見ている。

だが、次の瞬間、中央にはだれも立っていなかった。わずかな気配もなごりもなく、最初からいなかったように消え失《う》せていた。

画面をオフにしたような、あとかたもない消え方には肝を冷やすものがあった。消え去られてようやく、生身と接していなかったことに気づく。蛍光灯に照らされた室内には、非現実感がただよっていた。三人はしばらく何もない空間を見つめた。やってのけた深行でさえ、言葉もなく見つめていた。

最初に口を開いたのは、高柳だった。耳のあたりをなでつけながら言った。

「やらせてやったんだよ。見破られたからには、どうせ、同じ生徒の形で続けるわけにはいかなかった。まあ、加減はわかってきたから、このつぎはもっとうまくやるさ」

泉水子にものみこめてきた。リカルドは高柳が後ろで操っていた何かなのだ。これほどたやすく消えてしまうのでは、独自に存在するものとは考えにくかった。

「あの人はなんだったの。簡単に消していいものだったの？」

思わずたずねたが、簡単に無視された。高柳が向かい合っているのは深行だった。

「ここにいる女子が人間だった時点で、おさとが知れているよ。わざわざ手の内をさらしてくれなくてもね。験者《げんざ》と憑坐《よりまし》か……ずいぶん低俗だな」

深行は、言われたことには無表情だった。

「だったら？」

「ぼくのライバルにはならないね。つつしんで、引っこんでいろと言うよ」

高柳はいくらか声を高くした。

「最初に術を見抜いた相手として、ちょっとだけ注目したが、結局は取るにたらなかったようだ。この女子は半端にものが見えるだけで、何一つできない。修行したのは相楽のほうらしいが、生身の者しか手下に使えない点で、すでにお話にならない。格がね、ちがうんだよ」

彼はそのまま戸口へ歩いたので、いっとき深行と正面からにらみあう恰好《かっこう》になった。だが、深行は黙ってわきに避《よ》け、出て行くスペースをゆずった。去りぎわに高柳はもう一言残した。

「ぼくも、だれに対してもやさしくないわけではないんだよ。そちらが分相応をさとったら、友人にだってなれる。これは考えておいてくれ」

泉水子の問いを無視したまま、高柳は視聴覚ルームから去っていった。泉水子も、答えてほしいとは思わなかった。姿が見えなくなって、ほっとするばかりだ。

冷たい床からようやく立ち上がると、泉水子の体から生米がこぼれ落ちた。顔をしかめ、スカートを手で払っていると、出口を見やっていた深行が大きくため息をついた。

「高柳のやつ。負け惜しみだと思うことにしよう。おれだって、目の前であれが消えるとまで思わなかったし」

（体面を大事にするタイプなんだ、高柳くん……）

深行にもそのことがわかっていて、逆なでせずに見送ったのだろう。リカルドを消した以上、賭《か》けに勝ったのは深行になるからだ。

だが、どうにも後味の悪い気分だった。リカルドが無になってせいせいしたとは思えなかった。泉水子は、小さな声で深行にたずねた。

「消えなかったら、どうなると思った？」

「わかるわけないだろ。弓をこんなふうに使ったのは初めてだ」

深行は、手にした弓をもてあまし気味に見やった。

「野々村《ののむら》さんに電話して、即席で教わったんだよ。退魔法の一種だけど、半分くらいはただの脅しだと言っていた」

泉水子は、以前、深行が本気で経《きょう》や祭文《さいもん》を唱えたことはないと言ったことを思い出した。野々村の錫杖《しゃくじょう》を持とうとしなかったのだ。してみると、あのころより修行の成果があがったということなのだろう。

「唱えていたのは何だったの？」

「そんなにめずらしいものじゃない。不動明王《ふどうみようおう》の火界呪《かかいじゆ》だ」

深行は答えてから、眉《まゆ》をひそめた。

「高柳にはわかったみたいだな。あいつ、いったいどういうやつなんだ」

「あの人も、聞いたことのない言葉を唱えていた……」

（わたしのこと、リカルドと同じものだと思っていたんだ……）

泉水子は考え、そっとくちびるをかんだ。

「背中に何かついているぞ」

深行が泉水子のブレザーに手を伸ばした。ふり返ると、深行が取り去ったのは、高柳が手にしていた紙の札の一枚だった。文字のような絵のような図案を赤く描いたものだ。泉水子は、背中を突き飛ばされたことを思い出した。

「これ、いったいどういうもの？」

「霊符《れいふ》、かな……」

深行も首をひねった。

「こういう霊符にはお目にかかったことがないな。山伏の持ち物じゃなさそうだが……」

そのとき、教室の高いところから声がふってきた。澄んだアルトで、歯切れよく明瞭《めいりよう》な口ぶりだ。

「あのねえ、符呪《ふじゅ》にきまっているでしょう。すぐに察しなさいよ、そのくらい」

階段教室の一番上に真響がすっくと立っていた。

三

泉水子も深行もあっけにとられ、教室の階段を下りてくる真響を見つめた。真響は肩にかかる髪をゆらし、短いチェックのスカートをゆらし、悪びれもせずに近づいてくる。そして、朱墨で描かれた札をしばし見つめた。

「だいじょうぶ、その符呪は、人間の泉水子ちゃんには害を与えないから。あいつがまちがったのよ」

「いつからそこにいたんだ」

眉をひそめて深行がたずねた。

「どうして視聴覚ルームに来ることを知っていた。高柳から聞き出したのか？」

あやしんでも無理のない情況だが、泉水子には、深行がろこつに警戒したことが少し意外だった。ずっと冷静なようでいて、内心はそうでもなかったようだ。

真響は気を悪くする様子もなく、明るく応じた。

「あいつと口をきいたりするものですか。あの男、私きらいだもん」

高柳と演じたような険悪な場は、これ以上はたくさんだった。泉水子はふつうに聞こうと努めた。

「ちっとも気がつかなかった。最初からここにいたの？　わたしが入ってくる前から？」

真響は泉水子にうなずいて、ほほえんだ。

「助けに出なくてごめんね。あまり変なことになったら、止めるつもりではいたのよ。でも、なるべくなら、高柳の前で顔を出したくなかったの。私が知ったということを、あちらはまだ知らないほうが、この先ずっと有利だもん」

彼女が上機嫌なのは、どうやらそれがうまくいったせいだった。

「もうずっと前から、なんとかして高柳の裏の顔を知りたいと思っていたの。でも、中学ではずいぶん用心していたし、私ひとりの力では、手の内を明かさずに情報を引き出すのは無理だった。高等部へ来て、高柳が何か大きく仕掛けだしたという気はしていたのよ。こういうことだったとはね……」

泉水子はとまどいながら真響を見つめた。

「それなら、前からわかっていたの？　C組の留学生のこと」

「とんでもない、ぜんぜんわからなかったって」

真響は泉水子の腕に手をおくと、感心した声をだした。

「すごいねえ、泉水子ちゃん。あいつの式神を見破ったなんて、きっと泉水子ちゃんが初めてだったんだよ。あわてていたもの、高柳」

深行がせき払いした。

「つまり、おれたちの話を聞いていたってことだな」

「泉水子ちゃんが、血相を変えてA組に飛びこんできたんだもの。これは何かあると思って」

「盗み聞き？」

「気づかなかったでしょう」

深行は非難したそうな顔をしたが、あきらめて、しかたなげに笑みを浮かべた。

「似合ってないな。宗田には」

「そこがかんじんなところなの。しそうにない人物だってところが」

真響はさばさばと言った。

「おかげで、高柳一条は式神使いだったとわかったわけ。わかったからといって、あいつが学年で一番手ごわいことに変わりはないけれどね。それでも、敵の能力がまったく見抜けないのとは大ちがいよ」

泉水子は小声でたずねた。

「式神使いって、何？　リカルドは、式神だから消えてしまったの？」

「そう、あれだけでだめになるなんて、術が甘かったんでしょう。泉水子ちゃん、式神使いというのは、陰陽師《おんみょうじ》のことよ」

すばやく深行が口をはさんだ。

「宗田も陰陽師なのか」

「私はちがう」

「それなら、どうしてそんなによく知っているんだよ。式神になじみがあるんだろう。生徒が消えたことにも平然として、隠れて見ているなんてふつうじゃない」

真響はあっさりかわした。

「相楽って、やっぱりまだこの学園になじんでいないね。そういうこと、面と向かって質問して、ぺらぺらとしゃべる人なんていないのよ。陰から探り出すなら別だけど」

口をつぐんでから、深行は認めてほほえんだ。

「おかしなふんいきの場所だとは思っていたよ。みんなが秘密めかして、腹の探りあいをするのはどういうわけだと。まさか、人外のものまで混じっているとは考えなかったけどな」

「相楽くんは山伏なのね。わりとすぐにわかっちゃったけど」

ふいに浮かんできたほんものの笑顔を見せて、真響は言った。率直で魅力的だった。そして、思いなおしたように続けた。

「あなたのことはきらいじゃないから、これだけは教えてあげる。私の素養も、陰陽師よりは山伏に近いものよ。私には高柳のように式を操ることはできないけれど、したいとも思わない。あんなことを長く続けていると、今に性格ゆがむと思うよ」

深行も遠慮なく同意した。

「もう十分ゆがんでいる気がするな。高柳の成績トップは、式神に何かをさせているせいなのか」

「たぶんね」

真響は泉水子を見て言った。

「策士、策におぼれる……って、まったくああいうことを言うのね。高柳は、自分がそうして立ち回っているものだから、泉水子ちゃんを他人の式神と勘ちがいして、ボロを出したのよ。そんなところは、けっこうおっちょこちょいかも」

泉水子は少しも喜べなかった。人間であることを疑うくらい、影が薄いと見られたというわけだ。だが、真響は言った。

「貴重だよ、泉水子ちゃん。それほど術に敏感だということは。それだから、このところ態度がおかしかったのね。ずっと元気ないなあと思っていた」

「ごめんね。本当は打ち明けたかったんだけど、外国人留学生を悪く言ってはいけない気がして」

泉水子が答えると、真響は笑ってうなずいた。

「そのへんが、高柳の巧妙なところでしょうね。留学生だったら、ふるまいや言うことが多少おかしくても気どられないもの。違和感があればあるほど、まわりは溶けこませようとがんばっちゃう。よく考えてあるわ」

「生徒に式神をまぎれこませて、高柳のやつはいったい何がしたいんだ」

深行はつぶやいてから、真響を見て「質問じゃないぞ」と念を押した。

「ねらいは何なんだ。トップの維持？　だれに見せたくてのパフォーマンスなんだ」

少し考えて、真響は慎重に口を開いた。

「それなら、私のひとりごとはこうよ。この学園でトップになることが、高柳にとってはずいぶん大きな意味があるらしい。そして、私はあいつに牛耳られるのがとっても気にくわない。できることなら、その野望を蹴落《けお》としてやりたい」

深行はふっと力を抜いた。真響に見せた、最初のかまえはもう取らなかった。

「今はそれで十分かな。その姿勢は支持できるよ。おれもあいつにはムカツク」

真響のほうも、このとき歩み寄りを確信したらしかった。

「じゃ、協定成立だね」

妙にこの場にふさわしい言葉だった。泉水子が息をついていると、深行が腕時計に目をやった。

「そろそろ切り上げないと、昼休みがなくなる。高柳のせいで、おれたちばかり昼を食いそびれるのはしゃくだぞ」

（あ、わたし、おなかが空《す》いている……）

いきなり日常が舞いもどってきた。こんなことの後で、食事ができるとは思ってもみなかったが、気がつけば空腹になっていた。

「今から食堂行って、授業にまにあうかな」

「おれは行く。早食いには自信ある」

「私だって意地でも行く。菓子パンじゃもたない」

「わたしも」

思わず笑ってしまった。何が起ころうとも、お互いに腹ぺこの高校生同士でいるうちは、気にしなくてもいい気がしたのだ。

（ふつうの高校生じゃないのは、わたしと深行くんだけじゃなかった。今は、それがわかっただけでもいい……）

あれこれ真響に問いただすよりは、そのことを喜びたい気持ちだった。高柳とは別の立場だということがよくわかったし、深行も含めて友好が深まったことは、泉水子にはうれしいはこびだった。ショックなことを見聞きしたわりに、今、食欲まであるのは、たぶんそのせいだった。

三人は食堂へ向かったが、深行は弓をどこかに置いてくる必要があった。階段下で別れるとき、ふいに深行が真響に言った。

「宗田、生徒会執行部に入らないか」

真響は、意表をつかれたように深行を見やった。

「神崎《かんざき》さんのところ？　相楽って生徒会派閥になるつもりなの？」

「そうしようかと思ってる」

「勧誘しろと言われているとか？」

深行はそれには直接答えなかった。

「交換におれがＳＭＦに入ってもいい。生徒会だったら兼任くらいできるだろう？」

「かんべんしてよ、そういうの。いちおう考えておくけど」

真響はそう言ったきりだった。けれども、彼女の隣を歩いていた泉水子には、真響がかすかにほおを染めたように見えた。

（生徒会執行部……）

どの部にも入らないかもと言っていた深行だが、生徒会とは聞いていなかった。真響との会話には、すでに一年Ａ組内で取りざたされている何かをうかがわせた。

泉水子は気にするまいと考えた。今はたずねる気分になれなかったのだ。

　この日、泉水子も真響も、しばらくは式神の話題で話し合わなかった。昼食はあわててかきこむのがせいいっぱいだったし、夕食は、同じテーブルを囲む生徒がおしゃべりに加わっていたからだ。けれども、夕食後、真夏が宿題をかかえて講堂のラウンジへやってきたときには、真響が声をひそめて切り出した。

「あんたはまったく、何も見ていなかったの。泉水子ちゃんがこれだけ変だと気づいていたのに。同じ組にいながら情けない、ブラジルの留学生って、まったくのうそっぱちだったのよ。高柳の術にかかってそう見せられただけ。何一つ感じとれなかったの？」

「どういうこと？」

　真夏はけろりとしていたが、くわしく聞かされても態度が変わらなかった。それほど驚くことではないようだった。

「鈴原さんが怯《おび》えてるの、わかっていたけど、今に慣れるかなと思っていたんだよ。あいつのほうも同じにびくついていたみたいだし」

「びくついていた？　式神が？」

「人間じゃないと、こう、人が肩をならべる場所では苦労するんだなって、気の毒だったし」

　真響も泉水子も、目をまるくして見つめるはめになった。

「人間じゃないとわかっていたと言いたいの。それ、負け惜しみ？」

真夏は短く刈った頭をかいた。

「いや、なんか、どうでもいいような気がして。人間だろうと人間じゃなかろうと」

「どうでもよくないでしょう。なぜ私に教えなかったのよ」

「だから、はっきりわかったわけじゃなく。ただ、あんまり気にならなかったんだよ」

「もう、いや。どうしてあんたはそうなの」

真響は持っていたシャープペンシルを投げたが、泉水子は、新たな地平を見たような思いで真夏を見つめていた。

（おもしろい男の子だ……宗田くんって）

彼にとっては、泉水子も馬も式神も、まとめて同じように接する相手なのかもしれなかった。人かどうかで区別して垣根を作らないのだ。そのおおらかさに気づくと、今まで怖がった自分は心が狭いように思えてきた。

「カリカリするのがばからしい気がしてくる。泉水子ちゃんもそう？」

ぼやいている真響に、泉水子はうなずいた。

「本当いうと、視聴覚ルームではリカルドの顔が見えたの。そのとき、こんなにきらって悪かったような気がして」

「そうは言っても、あれは式であって高柳の意図しか反映しないのよ。本当の性格などどこにもっていないし、まともな神霊じゃないから、同情などしたら負けよ。それこそ相手の術中にはまることだから」

真響はまじめな顔で言った。聞くのは初めてだが、泉水子にも理解できる部分があった。リカルドは無にもどりやすかった。無理やり作られたということは感じたのだ。けれども、と泉水子は考えた。彼も怯えていたと表現する真夏の言い分のほうが、気持ちがいい気がする。

考えこみながら真響は言葉を続けた。

「高柳は、人間ではないものをパートナーに選んだということね。そんなまねができる人はそうそういないから、飛び抜けた能力の持ち主だということは認める。すでに優遇されていることも認める。でも、それが通用していいのかって思う」

いすの背にもたれた真夏が、さらっと口をはさんだ。

「一方的な関係をパートナーとは言えないよ。そこが問題なんだろ。消したりせずに様子を見たほうがよかったのに。わかったことが多かったはずだよ」

「消したのは私じゃないってば。しかたのないなりゆきだったのよ」

泉水子は気になっていたことを思い出した。

「リカルドが消えてしまった後、高柳くんが『験者《げんざ》と憑坐《よりまし》か』って言ったの。あれはどういう意味かわかる？」

「相楽と泉水子ちゃんはペアだったのかと、そう言いたかったんじゃない」

泉水子はとまどったが、つけ加えた。

「あの人に、低俗って言われたんだけど」

真響は、少し間をおいてから答えた。

「それはね……聞きかじりだけど、陰陽道《おんみょうどう》と修験道《しゅげんどう》は、もとをただせば同じ根っこをもっているからなの。大陸から伝わった道教《どうきょう》の呪術《じゅじゅつ》を取りこんで、日本独自に発展させたところでは、経緯が同じだそうよ。何がちがっていたかというと、陰陽師は朝廷が囲いこんだけれども、修験者は中央と縁のない山奥で修行したところ。そして、修験道は山で修行する真言密教《しんごんみっきょう》の影響を受けたのに対して、陰陽道は宮廷の神道に影響を与えたところかな。あいつは、そこに変なプライドをもっているのね」

真響はかすかに鼻で笑った。

「低俗な陰陽師だってくさるほどいたんだから、本当はえらそうなことを言えないのよ。民間の陰陽師は、山伏と同じように地方をわたり歩いて、お祓《はら》いをしたり占いをしたりして稼いだんだから。どちらも遊芸人と大差ないものになっていたし、完全に廃止されたのも、同じに明治の神仏分離の時期だし」

泉水子は困った顔で真響を見た。

「でも、あの、憑坐《よりまし》って……式神のようなもの？」

「それはちょっとちがう」

真響はようやく、何をたずねられていたのか理解したようだった。

「なんだ、泉水子ちゃんは、言葉の意味を知らなかったのね。憑坐というのは、憑《つ》き物落としをするときに、霊をとり憑かせる人をいうの。験者はつまり山伏だけど、その山伏が、患者にとり憑いた霊を憑坐に乗り移らせて、調伏《ちょうぶく》して落とすわけ。中世のころは、神がかりのお告げをする歩き巫女《みこ》がいて、憑き物落としの山伏と夫婦になって、ペアを組んで仕事をすることは多かったみたいよ」

（夫婦でペア……）

そんな話は初耳だった。泉水子は目がちかちかするような気がした。以前、雪政が泉水子に語ったこととはだいぶ異なっているが、泉水子の霊媒体質など、一部が図星でなくもなかった。しかし、深行と泉水子をひとくくりにして、高柳がそう結論したというなら、そこにはだいぶ誤解が生じている。

「ペアなんかじゃないのに」

「そうなの？　うまく連携ができていたみたいに見えたよ」

からかい気味に真響が言い、泉水子はお下げをゆらしてかぶりをふった。

「たまたまだったの。ペアなんかじゃないのに」

「それなら、そういうことにしよう。決めつけはよくないものね」

真響はあっさり流した。しつこくしないのが彼女のいいところだった。頭のめぐりがよく、相手の感情にも敏感なのだ。

けれども、泉水子は心の内で、もうしばらくこの件にこだわらずにいられなかった。深行にとっての自分は何なのだろうと、このとき初めて気になったのだ。

（深行くんは、どうして山伏の修行をしているんだろう……姫神を手に入れたいからなんだろうか……）

講堂のラウンジはホールを囲んでLの字になり、四人、六人、八人で囲めるテーブルといすが並んでいる。かなり広いので、小さな会合をする一団やゲームに興じる一団がいても、かたわらで勉強ができないほどではなかった。照明は明るいし、図書館とちがって好きなだけ話が交わせるので、寄り合って自習している生徒の姿はめずらしくない。よく利用する生徒の席は、だんだん指定席のようになっている。

今のところ、真夏もまじめにやってくるので、夕食後にラウンジで待ち合わせて、真響と泉水子と三人で宿題や予習をすませることは定番になりつつあった。こういう場所で、深行を見かけることはまずない。ひとりで勉強するほうが性に合っているのだろう。

宿題もおおかた終わったころ、真響がしばらく席をはずし、泉水子はふと真夏にたずねてみた。

「SMFって何のことだか、宗田くんにはもうわかった？」

昼間、この問いを真響に向けたところ、言いにくそうにして話をそらせてしまったのだ。だが、真夏のほうは簡単にうなずいた。

「ああ、うん、わかった。同好会のことだよ。顧問のつかない裏サークルみたいなもの。高等部には去年からあったらしいよ、宗田真響ファンクラブ、通称SMF」

（……ほら、やっぱり、ペアなんかじゃない）

なぜかしら泉水子は強くそう思った。

「すごいね、宗田さんの人気って」

あらためて真響の傑出ぶりを知らされる思いで言ったが、真夏の口調はのんびりしたものだった。

「真響がSMF会長になるかどうかで、あちこちさわぎがあるみたいだけど、おれはどうでもいいと思うよ。あいつがまいた種なんだから、あいつの好きにすれば」

学園内には生徒間のダイナミックな動きがあり、真響や深行はとっくにその渦中にいるのだと、泉水子はあらためて思い知った。

（……術や神霊の知識は問題じゃない。そういうことを知りながら、気持ちよくふつうに学校生活ができることが大事なのだ。宗田さんはそれができるからえらい……言うならば深行くんだって。わたし以外の人たちにはそれができている）

外部に怯《おび》えることにかまけて、今まで目が向けられなかったあれこれに、泉水子はようやく気づきはじめていた。

翌日から、C組の最後列の机は一つ空いていることになった。けれども、クラスの生徒たちは気にならない様子だった。二日三日と欠席が続いても、リカルドの名前を出す者がいない。ブラジルからの留学生は最初から一名だけだったように、だれもが忘れ去っていた。

教師もまた何も言わなかった。事情があって帰国したなどの説明はいっさいなかった。何らかの操作があるのかと勘ぐってもよかったが、泉水子は、もう気にしないことに決めた。ようやく心穏やかに授業が受けられるようになり、そのぶん周囲の生徒と会話も増えて、急に楽しくなっていたからだ。

その後もたまに、廊下などで、変だと思う生徒とすれちがうことはあった。しかし、すでに泉水子も、極端に驚いたり相手に伝わるほど恐れはしなかった。得体のしれないものではなく、式神と理解してしまえば怖さは薄らぐのだ。そこには、真夏の受けとめ方が大きく影響しているのもたしかだった。

いつしか泉水子の赤いメガネは、メガネケースにしまわれたきりになっていった。

第三章　真《ま》夏《なつ》

一

（あっ、真夏くんが乗っている……）

馬場が目に入ってすぐ、遠くて騎手の顔が見分けられないうちから、宗田真夏が馬に乗っているのはすぐにわかった。泉水子《いずみこ》はその姿に目をこらした。

真夏は、厩舎《きゅうしゃ》に入りびたるくせにあまり馬場に出てこない。もしかすると、早朝などのだれもいない時間に馬を出しているのかもしれないが、泉水子には見る機会がなかった。彼の馬上姿が見られるのは貴重だった。

見まちがえようがないほど、真夏の乗馬は独特だった。第一、たづなをもたずに馬場に出る生徒など、他にはだれもいない。今も馬を歩ませながら、真夏は手ぶらだった。しかも、鞍《くら》の上で準備運動をするように気ままな身ぶりをしている。

乗り手はふつう、馬の口にくわえさせたはみに力を加えることで、馬に意思をかよわせるものだ。調教された馬は、その指図を憶《おぼ》えて走ったり止まったり、左右に曲がったりする。馬術の基本はそのはずなのに、馬は頭を上げ下げして自分のしたいようにふるまっていた。それでも、馬と乗り手はよく息があっており、真夏は楽々として背中に吸いついたように危なげがない。

馬が喜び勇んで足を進めていることが伝わってきて、背に乗る真夏も楽しそうだった。もっとも、こういう乗り方は、指導者が見ていないときだけと聞いていた。馬術部の顧問はもっと様式に厳しいそうだ。

(やっぱり、いいな。ここは……)

泉水子がこの場所に感じる明るさは、今も変わりがなかった。馬場のまわりには式神のたぐいが近寄ってこないのだ。校舎から遠いせいもあるし、馬の敏感さを警戒するものがあるのだろう。式にあまり怯えなくなったとはいえ、泉水子もくつろぐ思いでほっとする。

自由闊達《かったつ》な乗馬姿にしばらく見とれていると、馬場を巡っていた真夏はコースをそれ、柵《さく》の外に立つ泉水子に近づいてきた。たづなを持たずにどうしてできるのか、まったく不思議なところだった。

「来てたんだ。何か用だった?」

泉水子は少々困って左右に目をやった。柵の外に立つギャラリーは、泉水子ひとりではなかったのだ。案の定、いっせいに生徒の目がそそがれる。

（ううん、もっと慣れなくては……）

宗田きょうだいと行動するなら避けられないことだと、最近の泉水子は学びつつあった。真夏はこれを、姉の真響《まゆら》の迷惑な余波と感じていて、ときどき当てこすりを言っているが、泉水子はそれだけではないと思っていた。たとえ真夏が馬のことしか念頭になく、着古したジャージで通そうとも、光るものは光るのだ。

「用があるわけじゃないの。見ているだけだから、気にしないで」

小さな声で真夏に応じたが、彼は意外そうな顔をした。

「真響と待ち合わせたんじゃなかったの？」

泉水子が首をふる前に、後ろで声が響いた。

「待ち合わせじゃないけれど、似たようなものよ。泉水子ちゃんがここにいると聞いたのだから」

真響が髪をなびかせて歩いてくるところだった。

馬場へ足を運ぶ真響を見るのは、これが初めてだった。弟の得意分野では努力しないと宣言したとおり、まったく近づかなかったのだ。けれども、歩いてくる真響は、日射しや緑によく映えていた。瞳《ひとみ》も肌も生気を増して、本来はアウトドアが似合うとわかってしまうようだ。

彼女は泉水子のかたわらに立つと、真夏に言った。

「ちょっと下りていらっしゃいよ。二人に話があるの」

「今すぐ？」

「横着を言わないの。今すぐよ」

泉水子は、そっと真響の背後に人影を探した。ＳＭＦの存在を知って以来、真響のそばにはシャッターチャンスをねらう目があることに気づいている。いつのまにか隠し撮りした写真が、男子生徒間に出回っているのだ。

本人はこだわらず、写真が発覚しても笑ってすませてしまった。いちいち気にしていられないという態度だ。泉水子もことを荒だてたくはなかったが、とばっちりで自分まで写っている写真があったため、内心穏やかではいられなかった。

「どうしたの、式神が見える？」

きょろきょろしている泉水子に、真響がたずねた。

「ううん、そうじゃないけど」

「いたら困るのよ。ここへは高柳《たかやなぎ》の式が近づかないって、泉水子ちゃんが言ったから来たんだから」

人間であれば気にしないと言わんばかりに、真響は言った。

馬から下りた真夏は、柵をかるがると乗り越えた。乗っていた馬はその場を動かず、柵の向こうから真夏に鼻づらを寄せてくる。

「手短にたのむ。今日は顧問出張のチャンスなんだから」

「そう言わないの、重要なことなんだから。あのね、私、相楽《さがら》の条件をのんで、生徒会執行部に入ることにした」

真響がもったいぶったわりには、泉水子も真夏も、さほど意外に思わなかった。反応の薄い態度で彼女を見守る。

生徒会を運営する生徒は、優秀で人望があるものだろう。一年生から真響がそこに加わって、少しもおかしくはない。だが、だれもが関心をそそられるというものでもなかった。泉水子の実感でさえそういうものだった。

尊敬できるが、品行方正でないとつとまらず、少々けむったく感じられるのが生徒会だ。教師と距離が近いことにも一因があるだろう。入学式にあいさつしたメガネ美人が、三年A組の神崎《かんざき》美琴《みこと》だということを、今では泉水子も承知していた。昨年の副会長、如月《きさらぎ》・ジーン・仄香《ほのか》が、今月の選挙で会長に就任すると、ほぼ確定していることも知っている。

真夏がつまらなそうに言った。

「相楽の条件って、代わりにSMFに入るってやつ？　ずいぶんお気の毒。真響は結局、ファンクラブ会長になる気はないんだろう」

真響はこくりとうなずいた。

「もちろん、そんなものの看板になる気はしない。でも、裏サークルの存在は、まったく無意味とは言えないかもしれない。知ってた？　ＳＭＦに集まる生徒というのは、全員、高柳のしかける術に耐性をもっている人よ。高柳の式神が、そういう立ち回りをしているから」

泉水子はまばたいて真響を見やった。

「式神に、そんなことができるの？」

「残念ながらできるらしいの。そう考えないと説明がつかないことが多いのよ。そしてね、高柳一条《いちじょう》は、今度、生徒会長に立候補するらしいの。まだ、うわさの段階だけど」

「入学したばかりで生徒会長に？」

「何かあるとしか考えられないでしょう。いくら伝統のない高等部だからといって、信任投票で決まるも同然の会長候補がいるのに、選挙に割りこむ気だなんて」

髪をはらいのけて、真響は続けた。

「陰陽師《おんみょうじ》は二年三年にもいて、ひそかに結託しているんだと思う——へたをすると教師の中にも。あぶり出せると思ったけど、高柳が生徒会長になってしまっては遅いのよ。阻止しておかないと」

「生徒会長って、そんなに大事なの？」

泉水子が無邪気にたずねると、真響は一瞬びっくりしたように見つめてから、おもむろに言った。

「そうよね、ふつうはそう思うんだけどね。生徒会長なんて、内申書のためのお飾りにすぎないって。でも、この学園の場合は少しちがうらしいのよ。確実に一派があるし、名目で終わらない生徒の中心にもなっている。高柳が名のりをあげたがるってことは、力をふるえる立場なのよ。中等部で一番になる道は成績だったけれど、高等部はまたちがう。そのターゲットが生徒会長だったというのは、私にも意外だったけど、ひょっとしたら、相楽のほうがあんがい鼻が利いたのかも」

真夏が気のないあいづちをうった。

「それで急に、去年の執行部メンバーと手を組む気になったわけ」

「うん。生徒会に何があるのか知りたくなったし、現メンバーが高柳に負けた日には、あいつの息のかかった陰陽師軍団が幅をきかせるのよ。そんな気持ちの悪いこと、がまんできないもの」

真響は泉水子を見つめて言った。

「相楽がいちはやく執行部に目をつけたわけを、泉水子ちゃんは知っているんでしょう」

驚いて泉水子はその顔を見返した。

「ううん、どうしてそんなこと」

さっき真響がけげんな様子をしたわけが、ようやくわかった。泉水子を深行《みゆき》とツーカーなものと思いこんでいるのだ。誤解の大きさにびっくりする。

「わたし、そんなにたくさん相楽くんとしゃべっているわけじゃないし、知らないことのほうがずっと多いよ」

「でも、もし、如月さんが生徒会長になったら、泉水子ちゃんも生徒会執行部に入るつもりでしょう」

泉水子はさらに目がまるくなった。

「どうして、わたしがそうなるの」

「どうしてって、相楽のパートナーじゃない。立ち位置はあいつと同じになるんじゃないの」

「パートナーって、なにそれ。わたしと相楽くん、べつに何でもないよ」

真響は泉水子がうろたえるのが理解できないように、あっさりと言った。

「個人的にはどうでも、泉水子ちゃんが相楽のパートナー枠で入学してきたのは事実だし、相楽もそのことは否定していなかったと思うよ」

(パートナー枠……)

無試験で入ったことの真相であることはまちがいなかった。始業前、深行はそこまで言明しなかったが、今では彼もこのことを承知しているのかもしれなかった。

「わたし、何も聞いていないし」

深行の口から聞いたわけではないのだから、と泉水子は考えた。彼が知らんぷりをしているあいだは、自分も知らないですませたほうがいい。

「それに、どういう入学のしかただろうと、わたしが自分の好きな活動を選ぶ権利はあると思う」

強調してみたが、真響に笑われただけだった。

「いまだにどこにも入部していないのに？　馬術部だって、こうして見ているばかりで」

泉水子は顔を赤らめた。言い返せないことだった。

入部のタイミングをのがしてしまい、今になっても所属が決まらない泉水子だった。入れてもらえないのではなく、申し出る勇気がなかったのだ。他の生徒と肩を並べ、まともにスポーツができるとは思えなかった。ときどき馬場へ来るのも、真夏のすることをながめていたいからで、それ以上に手を出そうと思っていなかった。

気まずくなって、ちらりと真夏のほうをうかがうと、のんきな真夏は肩をもってくれた。

「いいじゃん、見ているだけだって。必ずどこかに入れってものじゃなし。自分の放課後は自分の好きに使えば」

真響はあごを上げて、弟を見やった。

「あのね、他人事じゃないのよ。私が執行部に入ったらあんたも入るのよ。パートナーなんだから当然」

「ええっ、おれ、もう馬術部だよ」

たまげる真夏に、真響はうむを言わせなかった。

「兼部でもかまわないのよ、あんたに実務など期待しないんだから。でも、とりあえずは、選挙戦になったら手伝ってもらう。高柳に対抗する手段が必要なんだから」

「めんどうくさい」

「だめ」

「何をしろっていうんだよ。プラカード持ちとか、応援演説とか？」

「ううん、式神退治」

真響はにこやかに答えた。

泉水子はぎょっとして、真響がどうしてわざわざ馬場まできたか、ようやくわかった気がした。真夏はしぶい顔で足を踏みかえながら、そんなにめんどうくさいこと――と、つぶやいている。真響は口調に力をこめた。

「泉水子ちゃんの式神を見抜く力と、真夏の式神を寄せつけない力をもって当たれば、私は高柳の一番強力な式を破れると思う。破っておかなくてはいけないの。今の高柳はたぶん、壇をもうけた術が使えるから。その効果がまわりの生徒に表れてからでは遅いのよ。そんなの、私たちにとって思いっきり有害に決まっているし」

「高柳くんが、どんな術を使えるって？」

真響には当然のことでも、泉水子には意味がわからないことがある。だが、たずねたことをすぐに後悔した。真響は勢いよく言った。

「ああ、これ、もう相楽もつかんでいるはずだから、あいつからよく聞いておいてね。そのついでに、私が執行部に入ることにしたのを相楽に伝えて。A組内で言うとすぐにまわりがさわぐし、私としても、ちょっと言い出しづらいのよ。相楽って、術者としては初心者っぽいけれど、状況判断は私より的確ってことだものね」

泉水子は使いに出されることにあきれ、どうしてわたしがと言おうとしたが、真夏がけりをつけるように言うのが早かった。

「じゃあ、話は終わりね。そういうことで」

あっというまに柵《さく》を乗り越えていく真夏を見やり、顔をもどすと、真響も手をふっていた。

「よろしくねー、泉水子ちゃん」

おとなしく深行に話を伝えにいく以外、方法はないようだった。

深行も今では、図書館に入りびたるわけではないので、探し出すのはけっこう大変だった。

ようやく姿を見つけても、ひとりではないことが多い。あまり群れては行動しない深行だが、声をかけられることは多いのだ。泉水子には、中に割りこむことができない。前にA組に飛びこんで以来、恥ずかしくて二度とはできない気がしている。

そのため、少し離れた場所で、深行が気づいてくれるのを待つことになった。そうして隅にたたずんでいると、われながら、これではまるで式神のようだと思った。

（わたしって、どうしてこうなんだろうな……）

ときには、深行がわざと無視して待たせている気がした。あきらめて帰ることもあったが、今回はそういうわけにもいかない。ぽつねんと待ちながら、なぜ、こういうはめになるのかを考えた。

（パートナーだなどと、どうどうと言うことはできない。だれもわたしと、そんなふうに見られたくないだろうと思ってしまうからだ……）

ようやく深行がやってきたので、泉水子は人目を気づかってだれもいない一年C組に場所を移し、彼に真響の話を伝えた。

夕日が射しこみ、床と机を赤く照らしていた。深行は窓ぎわの机に腰を下ろし、ポケットに手をつっこんだ。片足をいすにかけ、行儀はあまりよくない。

泉水子は立ったままだった。話し続けるうちに、くせでお下げの髪をいじりそうになるので、気がつくたびに後ろにはらっていた。

話し終えると、深行はけっこう喜んだ。真響の参戦はやはり朗報なのだった。

「宗田がとうとうその気になったのか。承知する見込みはあまりないと思っていた。これで勢力図がだいぶ変わってくるな。如月さんたち、ずいぶん助かるだろう」

「生徒の派閥のこと？」

「まあね。宗田真響は去年から高等部に名が響いていたし、まわりへの影響力がちがうよ」

深行の表情が明るかった。誘いをかけた自分も顔が立つ思いがするのだろう。

「番狂わせだと、だれもが思うだろうな。人気の上では、宗田は高柳よりポイントが高いんだ。たとえ高柳が会長に立候補しても、宗田が如月さん派なら勝ち目がないかもしれない」

泉水子は気になっていた質問をしてみた。

「高柳くんが壇をもうけて術をするって、真響さんが言っていたけど、どういうことなのか教えてくれる？」

「ああ、それな」

深行はすらすらと言った。

「やつが陰陽師《おんみようじ》なら、行きつく先はそんなところだ。呪術《じゆじゆつ》に必要な品物をあれこれ並べて、特殊な祭壇をこしらえて、その前で何日もかけて祭文《さいもん》を読むのが典型的な作法だ。一番問題なのは、学園内のどこで、そんなに派手に本格的な陰陽師のまねをしているかってことだよ。ふつうならどこでも無理だ。いくら鳳城《ほうじょう》のキャンパスが広くても、建物内はぜんぶ警備会社が防犯カメラで監視しているし、寮の部屋は二人部屋で、そんなものを広げる余地などないし」

泉水子がきょとんとしていると、深行は結論に向かった。

「寮が二人部屋なのは、そういう個人の好き勝手をさせないためでもあるんだ。喜ぶルームメイトなどいないだろう。それなのに、高柳に式神を使うほどの術が使い放題だということは、あいつだけ特権をもっているんだ。ルームメイトがぐるだとしたら――高柳の式神だったとしたら、自分の部屋の中に祭壇をもうけても平気だ」

「ルームメイトが式神ー？」

泉水子は思わず声を上げた。想像するだけで鳥肌が立ってきた。

「式神とずっと寝起きするなんて、本当にそんなことできるの？」

「べつに、他人の見ていないところで人型でいることはないだろう。ただ、主の一番そばにいるやつは、一番強力な式神だと思う。簡単には消えないだろうな」

深行の口ぶりは、すでにその式神を知っていることを示していた。

「高柳くんの同室って、だれ？」

「小坂信之《こさかのぶゆき》。おれたちのクラスだ」

思いめぐらしてみたが、泉水子には顔が浮かんでこなかった。学年全員の顔と名前はまだ結びつかない。そうであっても、A組でよく目立つ生徒なら何人も憶《おぼ》えたし、変だと感じる生徒ならやはり注意したはずなので、もしも彼が式神だとしたら、リカルドよりよほど巧妙に立ち回っているのだった。

「それじゃ、真響さんが退治すると言っていたのは……」

「小坂のことだろうな」

深行はあっさり言った。

（いやだな……）

はりきる気分にはとうていなれなかった。リカルドが目の前で消滅したときの、何ともいえない虚《むな》しさを思い出す。泉水子は、これ以上考えたくないので質問を切り替えることにした。

「相楽くん、どうして生徒会執行部に入ったの。真響さん、状況判断が自分より的確だって言ってたよ」

「宗田がそんなことを？」

深行は聞き返した。だが、意外に浮かれなかった。かえって慎重な表情になり、言葉を選ぶように言った。

「そんなに深い思惑があったわけじゃない。自分に有利な方向で、生徒会が視野に入ってきただけだ。だいたい、ふつう生徒会組織なんてものは、推薦入学の内申書をよくするために入るようなものだ。有名大学への進学率はたしかにいいんだよ、この学園の執行部の人たち」

「東大へ行くこと、今でも考えているの？」

思わず聞いてしまってから、泉水子は、聞くまでもないかと思いなおした。深行が東大をめざせなくなったのは、雪政《ゆきまさ》がうむを言わさずに転校手続きをして、泉水子のいる山間部の中学にかようはめになったせいだ。けれども今では、望みどおりに東京の高校にいるのだ。

「選択肢はたくさんあったほうがいいに決まっている」

深行はどうにでもとれる言い方をした。

「この学園内で、もっとも見識の高そうな先輩につきたかったこともある。妙にかたよった場所とはいえ、ごくまともでレベルの高い先輩もいるんだから。おれは後からこの学園に入っているし、高柳や宗田ほどその道の生え抜きじゃない。まずは自分の安全圏を目ざして当然だろう」

泉水子が思ってもみないことだった。真響と自分の差を冷静に分析している。むやみに競ってむだをしないと言わんばかりだった。

「真響さんって、やっぱり、その道の生え抜きかな……」

「それはまちがいない」

断言して深行は続けた。

「あいつの家は長野県の戸隠《とがくし》だ。戸隠山や飯縄《いいづな》山は修験道では古くから有名な場所だし、戸隠流忍者の里で有名なところでもある。特別な家系であってもおかしくないよ」

「忍者って、まさか」

「山伏と忍者はそれほどかけ離れた存在じゃないんだ。修験道の一端が特殊化して生まれたとも言われている。伊賀《いが》忍者だって結局はその流れなんだ。作り話に出てくるような、荒唐無稽《こうとうむけい》な忍術の存在は別として」

やっぱりそうかという思いと、それでも驚く思いが半々に混じり合った。泉水子は困惑した声を出した。

「わけがわからない。わたしたち、どういう場所に来ているの？　鳳城学園の生徒って、本当はみんな、修験道とか陰陽道とかにかかわる人たちだったの？」

「全員じゃないはずだ。いくらなんでもおれたちの年齢で、術が使える人間がそんなにいるわけがない。けれども、神社や寺の関係者はふつうの学校より多いだろうな」

深行は平静に続けた。

「おれたちの学年では、高柳と宗田が実力者として双璧《そうへき》だよ。中等部のときからそんな感じはあった。あの二人もお互いそれを承知していて、見えないところでずっと張り合っていたんだろう」

真響は何が目的で競っているのだろうと、泉水子はとまどって考えた。どこかに優秀さを証明しないといけないのだろうか。証明すると、何かメリットがあるのだろうか。

「真響さん、この学校の生徒会にはふつうでないところがあると言ったけど……」

「表だったものじゃないが、ごく一部にうわさがあるのは知っている。デマなのか真実なのか、いまだに執行部の先輩には聞けずにいるんだが」

深行の口調はさらに用心深くなった。

「……鳳城学園の生徒会長は、本当のところは去年と変わっていないという話。そのおかげで生徒会には強力なバックアップがあるといううわさだ」

「どういうバックアップ？」

「わからないが、追究する価値はありそうだ。風穴になる何かかもしれない」

泉水子は口をつぐんだ。聞かずに察するものはあったのだ——お膳立《ぜんだ》てされた環境からの抜け道といったところだろう。

（……深行くんって、手を引きたいんじゃないかな。式神とか、術とか、術やぶりをする世界から……言うならば、山伏と姫神からも）

聞いたぶんだけ、深行は明快に答える。だが、話さないことは山ほどあるのだろうと思った。ＳＭＦの件だってそうだ。だが、そこまでつっこめないのが、現在の泉水子の立場と力関係だった。

深行は切り上げる態度で机から降りた。

「明日、如月さんに紹介するって、宗田に言っておいてくれ。誘いをかけたのはおれだから、そのくらいする義理があるだろう。他にも、神崎先輩や、去年の主力になっていた顔ぶれに紹介できると思う」

ためらってから、泉水子はもう一度確認してみた。

「真響さんの式神退治にはぜんぜんかかわらない気？」

深行は気軽に答えた。

「うん、お手並み拝見している。この前は宗田に見られただけだったから、このつぎ見学しておあいこだろう」

「でも……」

「だいたい、術が高度になってしまえば、おれにできることなんてもうないよ。宗田にもそれがわかるから、わざわざ鈴原を通して言ってよこしたんだろう」

そう言って、深行はつけ加えた。

「鈴原はあいつとつるんでいろよ。そう危険でもないだろう」

泉水子は思い切って最後に言った。

「真響さん、わたしのこと、生徒会執行部に入るだろうって頭から決めてかかっているんだけど」

深行は教室を出かかっていたが、意外そうにふり返った。

「メンバーの推薦があれば、参加できるのが原則だから、宗田が執行部員としてそう言うなら入れるんじゃないか。ただし、執行部の業務はほとんどパソコンで処理するものだけど、鈴原がそれでもいいのなら」

（ぜんぜんおよびでない……か）

深く納得して引き下がるしかなかった。


「だめよ、そんなの」

真響がこういう口ぶりになると強引なので、まわりはついつい言うことを聞いてしまう。だが、今回ばかりは、泉水子でも簡単にうんとは言えなかった。

「本当に、わたしに執行部は無理なんだってば。パソコンにさわれないんだもの、入っても意味がないし、入れてくれるはずがないし」

「それを言うなら、真夏だって似たようなものよ。それでも、真夏には入ってもらうつもりだもの。泉水子ちゃんだけ肩身の狭い思いをしなくていいのよ」

「できない。相楽くんだって、わたしが執行部メンバーになるなんて、これっぽっちも思ってないいんだから」

真響は顔をのぞきこんで決めつけた。

「泉水子ちゃん、女の子はね、相手の思いどおりになっていちゃだめ。相楽がどう思うかではなく、あなたがどうしたいかでしょう。あいつを見返して、本当はメンバーになりたいでしょう。顔に書いてあるって」

「あ、いえ、ぜんぜん、そんなことないんだけど……」

「私は入ってほしいのよ、泉水子ちゃんにも真夏にも。私がメンバーになる条件につけてもいいと思っている」

「無理だってば、そんなことを言っても」

真響は急に矛先を変えた。

「もちろん、高柳が生徒会長に当選すれば、今の執行部は一新するだろうから、これも仮に過ぎないのよ。まだメンバーかどうか保留だと思えば、いっしょに顔合わせするくらいかまわないでしょう」

「顔合わせって苦手なの」

「私だって。向こうは上級生ばかりだもん、ひとりじゃ緊張しちゃう」

泉水子は思わず顔をしかめた。真響が言うと、あまりにそらぞらしい。

「うそばっかり」

「そんなことないよ。真夏にあっさり逃げられた上に、泉水子ちゃんまで来ないというなら、私、二階へ行きたくない。今日行かないと、相楽の顔をつぶすことになるけれど、それでもいい？」

「その言い方、ずるい」

「あっ、かわいい。泉水子ちゃんがむくれるところって、初めて見た。かわいい」

どうにも勝てない相手だった。押し問答のすえ、泉水子は真響につれられて、待っていた深行と落ちあった。

泉水子が遁走《とんそう》しないよう、しっかり手をつないだ真響を見やると、深行は意外に反対しなかった。あれこれ言って、これ以上時間をかけるのがやっかいだったのだろう。

階段を上った二階の、すぐ左手に生徒会室がある。隣が放送室で、スタジオと折半して教室半分のスペースをもっていた。校舎中央なので人通りが多いが、ドアが閉め切ってあると、気づかずに素通りしてしまうところでもある。

たいていドアは開いていて、泉水子も授業の行き帰りにちらりと中を見たことはあった。真ん中にかためて、六、七台のパソコンが二列に置いてあり、壁のスチール本棚には、がらくたとも言える雑多な品が入っている。過去の学園行事のポスターが壁を飾り、窓ぎわの長机にはよくコーヒー缶が並んでいた。

今、生徒会室には神崎美琴と如月《きさらぎ》・ジーン・仄香《ほのか》がそろっていて、いっしょに一年生を迎えた。背が高く髪の長い神崎女史に対して、如月・ジーン・仄香はわりと小柄な体つきだった。焦げ茶の髪をショートに刈り上げ、すぐにハーフとわかるくっきりした目鼻立ちをしている。だが、そのわりに派手さの少ない、落ち着いた感じの二年生だった。

泉水子は、名前から女子生徒と思いこんでいたので、仄香が学生ズボンをはいているのに驚いた。だが、首筋の細さや手首のきゃしゃな様子からは、やっぱり女子生徒にも見える。だんだんどちらかわからなくなってきて混乱した。

深行が二人を紹介すると、神崎女史が歯切れよく言った。

「日本史研究会にいた、宗田真響さんね。三年生にも、あなたの顔はよく知られているのよ。うちの生徒会に興味をもってくれてうれしい。こちらのお下げさんは、高等部から入った新入生ね」

「私たち、同室なんです」

真響は胸をはり、ゆえに一心同体だと言わんばかりの口ぶりだった。泉水子は恥じ入るばかりだったので、真響にまかせるしかなかった。

仄香は控えめに、もし選挙になったら力を貸してくれるとありがたいということを、小さい声でのべた。会長候補にしてはもの静かな人物と見え、泉水子はかすかに好意をもった。その他、パソコンをいじっていた男子生徒も二人いた。大河内《おおこうち》と星野《ほしの》と名のり、どちらも二年生だった。

深行は星野先輩からディスクを押しつけられ、そのまま何かの作業を手伝うようだったが、真響と泉水子は、ひととおりの会話が終わったところでうまく引き揚げた。階段を下りってから、真響が言った。

「ずいぶん一般的な人たちだったよね。もう少し、何かこう、ぴりっとくるものがあるかと思った。泉水子ちゃんはどう感じた？」

「式神っぽいものと関係ないのはたしかだけど、ふつうかどうかは……あの、如月さんって、女子だと思う？」

「うん、女子だよ」

真響は迷わず答えた。

「性同一性障害があるとかの話は聞いたことがないから、あの恰好《かっこう》はただのファッションだと思う。男子の制服を着てはいけないという校則もないし」

「たしかに似合っていたけれど」

「あれでね、如月さん、着物の着こなしはすごいの。文化祭で日舞を踊るのを見たら、だれでもびっくりするよ」

真響はあまり熱をこめずに続けた。

「ハーフに生まれた彼女だから、かえって伝統芸能に打ちこむことができるのかも。髪を短くしているのも、日舞でかつらを被《かぶ》るためだって聞いている。でも、それって、やっぱり趣味で終わると思う。憧《あこが》れだけでは到達できない――土地や文化に根をはったものは。

私たちがいやおうなしに向き合っているものは、趣味の次元では言ってはいられないものよ」

泉水子はためらいがちに聞き返した。

「式神にかかわることを言っているの？」

「当然でしょ、泉水子ちゃん。じゃあ、このまま見比べてみて。ああいうふつうの人たちと小坂がどのくらいちがうか」

真響はぐいぐい手を引っぱって歩いたが、泉水子は気が進まなかった。

「見ないほうがいいと思う。見てしまうと、向こうにもそれがわかっちゃうもの。今から知られたらまずいよ」

「それはこの前、リカルドとまともに向かいあったからでしょう。こっそりのぞけばいいのよ、高柳にも気づかれないようにして」

小坂信之は自分の教室にいた。

真響の話では、彼はA組内でいつも高柳につき従っているわけではないらしい。人前ではむしろ、彼の取り巻きにはならないそうだ。だが、部屋をともにしている以上、何かと高柳と同じ行動をとっているのはたしかだった。

真響と泉水子は、廊下の壁にもたれて話しこんでいるふりをしながら、さりげなく教室内をうかがった。次の授業が選択科目なので、A組に残っている生徒はまばらだった。高柳もさっさと移動してしまったようで、姿が見えない。

だが、真響が目線で示すところをみると、今、ようやく席から立ち上がった、寡黙そうな男子生徒が小坂だった。メガネをかけ、背丈も体格も目立つところの少ない生徒だ。泉水子がそっと目をこらすと、耳のそばで真響がささやいた。

「ね、高柳とコンビというわけではないのよ。人前では高柳に話しかけないし、たいてい時間差で動いているみたい。だれとも仲よくせず、いつもひとりでいるように見える。でも、話しかけて反応しないわけではないし、授業でさされて答えもするの」

泉水子も、リカルドのときとは異なるとすぐにわかった。思いきって目にしても、小坂に冷や汗をかく部分は少なかった。だが、まったく何でもないわけでもなかった。

見えたものをどう表現しようかと迷っていると、真響がやや心配そうに続けた。

「あいつはカメラにも写ったって、相楽が言ったの。もしも式神だとしても、なかなか証拠をつかめないだろうって。うっかりしたふりをして、私、小坂にさわってみたことあるけど、ふつうに手応《てごた》えを感じたしね。それでも、泉水子ちゃんの目にはちがって見える？」

泉水子を間に立ててやりとりしたわりには、情報交換ができているのだ。意地でもあいまいな見解はとれないと感じて、くちびるを結んでうなずいた。

「うん、見える。人じゃないよ、小坂くん」

そのとき、当人が前方のドアから出ていったので、真響は口をつぐんで見送った。小坂は廊下の女子には目もくれず、まっすぐ特別教室棟へ歩いていった。その後ろ姿が遠ざかってから、真響は驚嘆したように泉水子の側へふり返った。

「本当？　そんなに自信をもって言えちゃったりする？」

泉水子は声をひそめたまま言った。

「だって、あの人……見つめると姿がぶれるもの。リカルドみたいに、ぼやけるほどひどくなくても、他の人とはぜんぜんちがう」

詳しく説明することはできなかった。せっかく抑えつけてある恐怖心が頭をもたげそうになるからだ。だが、小坂ひとりが粗い粒子でできているかのように、周囲から浮いて見えるのだった。見まちがえたくて見まちがえられるものではなかった。

小坂の平凡そうな目鼻立ちや、髪や手足といったものばかりではない。メガネや制服まで、そこにあるべき密度がなかった。たしかにリカルドよりは濃く映っているものの、一度消えたらあとかたもないとわかってしまう。

ため息をついて泉水子は言った。

「ああ、やだ。こんなもの見たくなかったのに……」

「何言っているの。すごいよ、泉水子ちゃん」

真響は胸を上下して声をはずませた。

「正直言って、私には、小坂とふつうの生徒のちがいはどうしてもつかめなかったの。今さら高柳の二の舞で、実在の人間を式神と勘ちがいしたら、あいつのミスよりさらにみっともないことだって、じつは気弱になりかけたところだったの。ああ、安心した」

泉水子はむしろ、そんな真響に問いたくなった。

「どうして真響さんにはあれが見えないの？　わたししか見えないのって、なんだかおかしいと思う。真響さんはわたしなんかより、ずっと経験も知識もあって、こういうことに慣れているはずなのに」

「無理無理。見てわかる人って、きっととっても稀《まれ》なんだから」

手をふって真響は続けた。

「ああいうものが平気になると、かえって見分けがつかなくなるところがあるの。こういう世界で受け取る作用が強くなるというか、修行の成果があだになるというか。私や真夏《まなつ》は小さいころから慣れて育って、もう、出くわしても怖いとも思わないけれど、そのぶん神経がぞんざいになっているのかもね」

「わたし、怖く思わない人になれるほうがいい」

うらめしげな声をもらすと、真響はちょっと笑ってから言った。

「そっか、本人にとっては大変なんだよね。でも、貴重だよ、泉水子ちゃんのような人。怖さに耐えられなくて、そんなものは存在しないと目を閉じてしまう人だっている。そんなふうに閉じた人は、代償として暗示にかかりやすいの。そして、やっぱり陰陽師に手玉に取られてしまう」

母のメガネをかけているうちは、そうだったのだろうかと、泉水子は思わず考えた。よかったにしろ悪かったにしろ、二度とメガネをかけた状態にはもどれない。しかし、真響が目を褒めてくれたことで、急に断言したことが後ろめたくなった。

「わたしひとりが見えたからって、勘ちがいしていないとは言えないのかも」

真響はまじめな口調になった。

「ものを見るのは、目ではなく脳よ。見たもの聞いたもの、さわったものも匂いもすべて、感覚は脳で解釈してそういうものになっている。言ってみれば、私たち、脳の内側に存在したものをそこに存在すると信じるの。式神は、そういう場所にいるんだと思う。実在するかしないかを言いはじめたら、この世にあるものすべてを、実在するかしないか問わねばならなくなる。私は小坂にさわったと思ったけれど、泉水子ちゃんにはあいつが人間に見えなかった。そのことだけで十分よ」

二

泉水子と真響はいすを並べて、パソコン画面でテレビドラマを見ていた。

学生寮のロビーには大画面のテレビがあり、就寝時間まで見ていいことになっているが、チャンネル争いをするのもめんどうで、自室で気ままに番組を見ている生徒は多かった。真響もときどき、部屋で流行《はや》りのドラマを見ていた。クラスの会話についていけない人間になりたくないそうだ。

最近は泉水子も、テレビの話題にのれると助かった。C組女子のおしゃべりに加われるようになっていたからだ。見終えて真響と他愛ない感想を言い合うのも楽しかった。

お互いを尊重しようと気をつけていると、自室にいるとき、かえってつっこんだ話がしにくいものだ。まちがって触れられたくない部分に触れたとき、狭い部屋が息苦しいものになってしまうからだ。けれどもこの日、ドラマが終わると、泉水子は思いきって昼の話題をむし返してみた。

「考えているんだけど、式神と神霊はどうちがうのかな」

「なあに、いきなり」

相手は笑ったが、泉水子はどうしても聞いておきたかった。

「真響さんは今日、式神は脳の内側にいると言ったでしょう。神霊もそういうものかな。わたしたち、そこにいないものを脳で感じとっているの？」

いくぶん態度を改め、真響は泉水子を見つめた。

「泉水子ちゃん、神霊を見たことがあるの？」

「うん。去年のことだけど」

泉水子は自分の体験を打ち明けた。

「最初は、ふつうのクラスメイトだと思っていたの。小学校からずっと知っていると思っていた。クラスの他の子たちも、やっぱりそう言ったし。でも、本当はちがってた。クラス名簿に名前もない子が、ひとり増えていたの」

「座敷わらし？」

真響はすぐ口にし、泉水子はさすがに詳しいと思った。

「相楽くんもそう言ってた。修学旅行のおみやげをわたしたら、急に祟《たた》られそうになって、正体がわかったの。なんとか無事にやり過ごしたけど、へたをしたら死ぬことになっていたかもしれない。けれども、それでも、あの子のことを、式神みたいに気味が悪いとは思っていなかった。消えてしまった今でもそう」

玉倉《たまくら》山の神霊だった和《わ》宮《みや》を、その姿につくりだしたのが自分で、襲われたのもそのせいだったとは、さすがに言い出せなかった。触れられたくない部分は、泉水子の側にもたしかにあるのだ。しかし、真響は注意深く聞き入って、泉水子の言いたいことを汲《く》みとろうとした。

「死ぬような目にあわされたのに、神霊には親しみを感じたってこと？」

「もちろん、怖くなかったとは言えないけど。でも、そう、祟りをうけることをこちらがしたせいだって思えたし。クラスにあの子がいたことは、かえって気持ちのいいことだった気がする」

「守り神だったんだね」

真響がやさしく言ったので、泉水子はほっとした。

「高柳くんにとっては、小坂くんやリカルドがそういうもの？　わたしは見てぞっとするけれど、あの人には安心できるものなのかな」

考えこむ様子で真響はひざを組み、そのひざ小僧をかかえた。

「うーん、高柳が式神をどう感じるかは、考えてみたことがなかったな。でもね、結論から先に言うと、式神と神霊は同じものじゃないよ。高柳はたぶん、神霊と向き合ったことはないの。だから式など使って平気なのよ」

泉水子は息をつめた。

「真響さんはあるのね、神霊と向き合ったこと」

ほほえんで見返し、真響はうなずいた。

「もちろんある。一番身近にいたのは、神霊だったの。術など憶《おぼ》えるより先に守り神がいた。そういう者には、式で縛って使役することなど考えられないものよ。神霊は、人の下につくようなものではないし、人と同じ見解で動くものではないもの」

「わたしもそのこと、わかると思う。だからよけいに、神霊がそこにはいなかったとは考えにくくて。他人がいるのと同じに、はっきり存在していた気がするの」

　真響は否定しなかった。

「私も、何も存在していないとは言わない。そう感じるのが当然だと思う。私が言ったのは、神霊や式神を、どうしてそのような姿に見聞きするかという解釈だけなの。彼らはたぶん、私たちとはちがうレベルで自然に存在している。そのままでは、私たちの五感に引っかからないので、実体として会える姿をとるときに、こちらが脳内に勝手に像を結ぶんだという。それが神様の姿であってもいいし、同級生の姿であってもいい。でも、今そこにいても、消えてしまうこともある。彼らが私たちの脳に働きかける努力をやめたとたん、こちらにはわからなくなるのだと思うの」

　声に実感がこもっていて、泉水子は思わずたずねた。

「真響さんの見た神霊は、どういう姿だったの？」

「同い年の人間」

　しばらく口をつぐんでから、真響は言葉を続けた。

「私たち、自分の大事なものを見るのよ。秘められたものたちと交流するには、その親しむ気持ちが大切なの。支配して命令に従わせるなどというのは傲慢《ごうまん》よ。式神は気味が悪いって、泉水子ちゃんはよく言い当てている。高柳はたぶんペットを殺していると思う。私ががまんできないのもそこなの」

った。

「犬か猫か、その種類までわからないけれど、飼うことのできる小動物」

泉水子はあわててまばたきした。突然不穏な話題になり、気持ちに用意ができていなか
「ペット？」

「どうして殺すの。どこで？」

「どこでだろう。学園内だったらもっと許せないけど、実家のほうかもしれない。式神を生み出すには厳しい条件があるのよ。よくある方法は、動物をかわいがっておいて、むごく殺すこと。殺された動物の念を縛って、式神として使役するの。そりゃさぞ強力な術になるでしょうよ。わかっているからこそ、放っておけない」

泉水子は口もとを押さえた。今この瞬間まで、死霊《しりょう》を想定してはいなかったのだ。だが、それもあり得ると初めて気がついた。式神を目にして、あれほど凍りつく思いをしたのは、それまで知らなかった死の感触だったのかもしれなかった。

神社の境内に住んでいれば当然だが、泉水子はこれまでペットを飼ったことがなかった。だが、ひそかに欲しくて憧《あこが》れていたのだ。子猫や子犬の写真を部屋に飾って、自分をなぐさめていたくらいだ。殺して利用するなどとは信じられなかった。

「……ひどい。どうしてできるんだろう」

「古い呪術《じゅじゅつ》ではあるの。むざんに死ぬ人間がとても多かった時代に、こういう技も開発さ

れたんでしょうね。動物を殺すのは、人身御供《ひとみごくう》よりましなほうって感覚で」

真響は考えこみながら続けた。

「ふつうの人が知らないものを知る世界に入ると、抜け出せなくなって、一般常識からはずれてしまうこともある。うちの父は――あ、さっきの脳内で神霊を見ている話も、ほとんど父の受け売りよ――若いうちからはまりこむなって言うの。学生のうちはよく学べって。だから、私も努力しているつもりなんだけど」

お父さんは大学教授だという話を思い出すものだった。真響の賢さも父親のおかげだろうし、ずいぶん影響力があるのだろう。

「真響さんってすごいね」

泉水子は思わず口にした。

「前からそう思っていたけれど、今もそう思う。式神を使う高柳くんに対抗できて、そういう面でもすごいのに、学校のあれこれでも人一倍活躍できている。わたしも見習えたらいいのに」

「泉水子ちゃんって、少しもいやみじゃなく言えるんだね、そういうこと」

真響は明るくほほえんだ。

「競争心ないよね、泉水子ちゃんって。私はそうじゃないの。努力家のほうだとは思うけれど、負けん気がありすぎ。でも、真夏はきっと、私より泉水子ちゃんに近いだろうな。

あの子、人間社会には興味ないって本気で思っていそうで、少し心配なの」

「真夏くんだってずいぶん人気あるよ。クラスのだれとも仲がいいし、たくさん冗談が言えるし、いつもだれかとしゃべっているし」

「どうかな」

真響は上を向き、うなじの髪をかき上げた。弟を褒めると彼女はたいてい同意しなかった。

「あいつがだれもきらわないのは、無関心のせいよ。関心をこちらに引き止めるものがどれだけあるかって、ときどき自信なくすの。やっぱり醜いものね、人間同士は」

その夜、遅くなってベッドにもぐりこんでから、泉水子はしばらくあれこれ思い返した。予想以上に真響と話しこんだことは、うれしい驚きだった。

(友だちになれるかもしれない……真響さんと)

そう感じるのは、これが初めてかもしれなかった。親切にしてもらっていたが、遠慮も手伝って、友人と考えるのはおこがましい気がしていたのだ。だが、率直に語ってみて、これほど泉水子の立場をわかってくれる人は、そうそういなかった。

(思いきって、和宮くんの話をしてよかった。そのぶん、真響さんも打ちとけて話してくれるんだ……)

ふつうになりたいと願い続けて、自分と他人の異なる部分は、なるべく直視しないことにつとめていた泉水子だった。けれども、今は、ふつうでないことを恥じなくていいのだと思った。真響のような人物がいるのだ。

寝返りをうって枕にほおを押しつけ、泉水子は考えた。

（真響さんについていってみよう……できすぎた人だからと、比べて卑屈になるのはやめよう。見習えば、わたしだって、少しは変われるかもしれないんだから）


数日後のことだった。

高柳一条が生徒会長に立候補するといううわさは、さらにあちこちでささやかれるようになったが、当人はとぼけて言明を避けているという話だった。どのみち生徒会選挙の告示にはあと数日あるので、うわさはうわさに留《とど》まっていた。

真響もまだ、具体的な手だてをとれずにいた。彼女の胸の内には、式神退治の構想がはっきりあるらしいのだが、実行に移していないのは、真夏がなかなかその気にならないからだった。顔をしかめて真響は言った。

「あいつ、のんびり屋だから、私の決意を信用しないのよ。たいしたことじゃないと思っている」

真夏にうんと言わせることは、どうしても必要らしかった。真響の行動力を思えば、多少不思議なことに思えた。泉水子の目からみても、真夏が生徒会に興味をもつ日など来そうになかったからだ。

C組内で、真夏が人気者のひとりであることは事実で、男子でも女子でも、彼ほど気楽にやりとりのできる人物は少なかった。だが、真響の言ったことを心にとめると、たしかに、クラスのだれとも特別親しくはなかった。馬にそそぐほど熱心な関心事を、生徒同士にはもっていないのだ。授業中はよく寝るし、男子で話題のゲームのたぐいも興味がないらしい。

(それでいてみんなに好かれるんだから、うらやましいくらいだけど……)

教室の隅で、少しぼんやり真夏を見ていた泉水子は、名前を呼ばれてわれに返った。

「ねえねえ、鈴原さん。おヒマ?」

声をかけてきたのは、これまであまり話をしたことのない女子だった。泉水子は少しびっくりして顔を見やった。佐川真子《さがわまこ》と高瀬彩野《たかせあやの》だ。

「あ、うん。なあに」

「戻り橋、もう知っている?」

「京都の戻り橋?」

泉水子は聞き返した。いきなりな気がしたが、京都にある一条戻り橋を話題に出したからといって、不審に思うほどのことではなかった。安倍晴明《あべのせいめい》が小説やマンガで有名になってからは、けっこう名のある観光スポットにもなっているのだ。

佐川も高瀬も一般的な女子生徒だった。着こなしやヘアスタイルに凝っているのですぐわかる。二人とも、毎朝どれだけ時間をかけるのだろうと思わせる髪をしていた。

「ううん、京都じゃなく、ウェブサイトの話」

泉水子は肩の力を抜いた。

「それなら知らない。ネットって、あまりやってなくて」

「まだ知らないの？　やったあ、布教者ゲットだ」

喜ぶ佐川に泉水子が目をぱちくりさせていると、高瀬も言った。

「貴重だなあ。知らない人って一年でも残り少ないよ、たぶん」

「何のサイト？」

まわりを見回してから、佐川はひそひそ声で言った。

「無料の占いというか、人生相談というか、悩み相談というか。でも、それらともぜんぜんちがうタイプで、回答が出てくるサイトだよ。癒《いや》しみたいなメッセージがもらえるの。クリックするとどんどん内容が深くなっていって、感動ものだよ。これ、体験しないと感じが伝わらないんだけど」

高瀬も口調を合わせた。

「一度知ったら、ぜったいハマるよ。ぜんぜん悩みがない人なんていないじゃん。自分は関係ないなんて思っていても、最後には泣けてきちゃう。二度目に行くと、今度はべつのところで泣けるの」

泉水子は困って笑みを浮かべた。

「そういうのって、あまり……占いって苦手なほうだし」

「ただの占いサイトじゃないって。苦手ってことはぜったいないよ。私たちひとりひとりのこと、わかっているような言葉が出てくるの。あれね、一Aの高柳の作ったサイトだって。知っている人しか知らない話だけど」

（高柳くんのサイト？）

泉水子の表情が変わったのが、見てとれたのだろう。佐川が思わせぶりに言った。

「そう、一年代表の高柳くん。あの人ね、二年女子に大人気だって。このサイトの話も、最初は二年から出回っているんだって。紹介者がいないと入れないサイトだから、そう簡単に広まらないはずなんだけど」

「そんなに……すごいの？」

「興味出てきた？」

泉水子がうなずいてみせると、佐川はポケットから手帳を取り出した。

「パスワード知りたい？　サイトを見るには、先に登録した人の名前とパスが必要なの。私の名前を使っていいけど、その代わり必ず今日中にサイトへ行ってくれる？　アクセスしたかどうかは、後からすぐにわかっちゃうんだよ」

少し迷ったが、どう考えてもそのままにはしておけない話だった。泉水子はためらいをふりきって言った。

「教えて、そのサイト。わたしも行ってみたい」

「それなら、これがURLとパスワードだから。二度目からは自分の設定で入れるからね」

メモに書きつけたページを破いて泉水子にわたし、佐川真子は満足そうに言った。

「この先、鈴原さんも布教者をつくると、一条信者になることができて、もっといいことがあるかもよ」

（これが、なんでもないもののはずはない……）

泉水子はメモ用紙を手に握りこみ、鼓動を速めて考えた。術にかかわるかどうかはわからなくても、高柳が仕掛けていることにはちがいなかった。真響もまだ知らないとしたら、何か重大な見落としになっているとしか思えなかった。

泉水子から話を聞いた真響は、A組の戸口で思いきり眉《まゆ》をひそめた。

「うさんくさすぎる。あいつの占いサイトだなんて。そんなの、あっていいはずないじゃない」

やはり不意打ちのようだった。真響がこれだけ渋面をつくるのはめずらしかった。真剣に考えこんだと思うと、彼女はやにわに教室にもどり、今度は深行をつれだしてきた。

廊下に出た深行に、真響は勢いよく問いただした。

「二年女子がほとんど知っているって、どういうこと。如月《きさらぎ》さん、それなのに、高柳のサイトのことは何も知らなかったの？」

「たぶん、知らないだろう。わかっていれば生徒会室で話が出ているはずだ」

深行も驚いていることを隠さなかった。

「なるほど、そういう技があったとはね……それなら、すでにやつの支持者は上級生にも多いってことか」

「執行部の男子の先輩って、ネットのエキスパートじゃなかったの？」

「口コミのサーチまでできないよ。占いに興味があるといったらたいてい女子だろう、耳に入ってこないよ」

深行の言葉に、真響は腕を組んだ。

「女子との会話がないってことじゃない。もてない先輩はこれだから」

「言うなよ、他人の弱みを」

泉水子はおそるおそる、メモのページを真響にさしだした。

「わたし、パソコンが使えないことは黙ったまま、佐川さんにパスワードを聞いてしまったの。だますようで悪いと思ったけど」

「泉水子ちゃん、お手柄。うまく情報を得てくれて助かった。私たちだけだったら、何も知らないまま手遅れになるところだったよ」

手書きの英数字をながめた真響は、再び顔をしかめて言った。

「私がサイトを開いてみるね。いったいどのくらい出回っているのか探ってみないと。口コミでそんなに広まるということは、人を誘い込むような術がかけてあるのかもしれない。ネット上で操作する術なんて新手だけど、見ればだいたいつかめると思う。なんだかすごく気にかかるから、今すぐPCルームへ行ってみようか」

図書館二階のPCルームまで行けば、次の授業に遅れることはうけあいだ。だが、泉水子もうなずいた。一刻も早く見ておかなくてはという気がするのだった。

足をふみだした二人を、深行が呼び止めた。

「待てよ。自由に使えるパソコンなら生徒会室にもある。そのほうが近いし、立ち聞きもされないだろう」

「いいの？」

「この場合、私用に使うとは言い切れないものがある。それに、おれだって見てみたいよ、高柳のサイト」

深行に続いて二階へ上ってみると、生徒会室にはだれもいないことがわかった。三人は、説明の手間がはぶけたことにほっとして、手近なパソコンの一台をスリープから起こした。

真響が紙を片手にURLを入力すると、パスワードを求める小窓が開いた。さらにキーボードをたたくと、和風なデザインの画面が現れる。赤い「戻り橋」のタイトルと、ENTERの文字。アクセス数を示すカウンターを見ると六千番台の数字だ。学園生徒の紹介だけで回っているのなら、そうとうな数のリピーターがいるということだ。

のぞきこんだ深行が感心したように言った。

「立ち会い演説で支持を取りつけるつもりなんかなかったんだな。たしかに大統領選挙じゃないんだし、自分が演説映えするキャラでもないって、よくわかっているよ」

真響は言い返した。

「水面下でおもねるなんて、姑息《こそく》よ。アンフェアよ」

「いや、アンフェアとまでは言えないだろう。しゃくだが利口なやり口だ」

「中のものを見てから、そう言ってよ」

話を打ち切り、真響はENTERの文字をクリックした。

そのつぎの瞬間、何が起きたのか、泉水子にはよくつかめなかった。

パソコン画面から何かが飛び出したような気がして、はじかれたように後ろに下がったが、目で見たわけではなかった。何もかもがいちどきに起こったようで、時系列がわからなくなっていたのだ。

周囲が真っ白になったと思ったが、真っ暗のまちがいかもしれなかった。とにかくパソコンも部室も消えて、自分がどこにいるかわからなかった。だが、大きな音と衝撃があり、窓ガラスが割れたのがわかった。割れた瞬間にわれに返ったような気がしたが、逆に、割れてから起こったとも感じた。

自分があげた声は聞こえなかった。だが、真響と深行が驚いて叫んだのは聞こえた。その直前に、すばやく言った真響の言葉も聞き取れた。

「護身して。わなよ」

けもの臭い匂いが鼻をつき、宙を飛び回る何かが、スズメバチの羽音のようなうなりをもっていた。大きく迫って聞こえてきたとき、身の危険を感じた。

「オンバザラ　ギニ　ハラチ　ハタヤソワカ」

だれかに突き飛ばされて、泉水子は硬いものに打ち当たった。一瞬上下左右もわからずに硬いとだけ思ったが、それは床だった。ひざを打った痛さに泣きたくなり、大声で叫んだ。

「いや」

同時に、ガラスの砕ける音が響いたのだった。息をのんで目を開けると、生徒会室の窓ガラスが大きく割れ落ち、破片が散らばっていた。

真響も深行もパソコンから離れて床にうずくまっていたが、二人とも泉水子より窓側だった。泉水子も床に寝そべる姿勢だったが、飛んだガラス破片は身のまわりに少ない。だが、あとの二人は異なっていた。

深行はかがんで手首を押さえ、真響はうつむいて顔の片側を押さえている。床にはガラスとともに、点々と散った血の色があった。したたる血の点は、泉水子が息をのんで見つめるうちにも数を増やしていく。

「大丈夫か、宗田《そうだ》」

深行が手を伸ばしかけたが、自分の手指が血でぬれているのに気づいて、肩にふれる直前に引っこめた。泉水子はけんめいに立ち上がり、よろめきながら彼女のそばへ駆け寄った。

「真響さん」

長い髪が覆っているために、うつむいた真響の顔は見えなかった。だが、顔を押さえた指のあいだから、したたり落ちる血が止まらない。顔面の、それも左目あたりの負傷に見えて、泉水子は思わず肝が冷えた。動転して真響の手に手を重ね、顔から離させようとした。

「どこを切ったの。お願い、傷を見せて。目を――目をどうしたの」

ようやく真響が小さな声で言った。

「あわてなくて平気。そんなにやられていない……目に血が入っただけ……」

やや頭を起こしたところを見ると、傷は額の生えぎわあたりにあるようだった。泉水子がさし出したティッシュを、真響は自分自身であてがったが、ティッシュはみるみる真っ赤に染まっていく。

低い声で深行がたずねた。

「おれたちを庇《かば》ったせいか？」

「ううん、ちがう。最初の護身がまにあわなかったの……めんぼくない」

「鈴原《すずはら》」

深行にうながされるまでもなく、泉水子にもするべきことはわかっていた。生徒会室を飛び出して、せいいっぱいの速さで走り、保健室の養護教諭に助けを求めた。

深行の手首の切り傷は、縫うほど深くなかったようだが、真響のほうは、簡単な処置ではすまされなかった。二人とも車で病院につれていかれた。

泉水子だけが、すりむいたひざに絆創膏《ばんそうこう》をはる程度ですんだのだった。寮の部屋でひとりで待つのは身にこたえた。いっそ自分も、病院へ行けるけがならよかったと思えるくらいだった。だが、夕食時間の終わった八時ごろ、真響は学園にもどってきた。

舎監《しゃかん》の西条《さいじょう》につきそわれて入ってきた真響は、左目に被《かぶ》さるほどガーゼと包帯に額を覆われ、右手にも包帯を巻いた痛々しさだった。とっさに顔を庇った手のひらも切っていたのだ。廊下にたくさんの生徒が寄り集まり、真響に声をかけたがっていたが、西条が「今夜はそっとしておくように」と、きびしく戒めて全員を追い払った。

本人は思ったより元気な態度だった。ドアを閉める前にみんなに手をふり、笑顔も見せていた。それを見て泉水子も、ほんの少しは安堵《あんど》することができた。真響が入院してしまわずにすんだことが、まずありがたかった。

「よかった、帰ってきてくれて。どうなることかと思った」

「いやね、大さわぎするけがじゃないって、言っておいたのに」

真響は、泉水子に対しても明るかった。ベッドのふちに腰をおろし、ほっと息をつくと、笑みを浮かべて続けた。

「ただ、女の子の顔の傷だからと、だれもがすごく心配してくれちゃって。外科の先生もそればかり言っていたけれど、傷口がとてもきれいだから、跡が残ることにはならないそうよ。ガラスで切ったとも思えない傷だって」

彼女がなんでもないようにふるまっても、部屋にただよう消毒薬の匂いがなくなるわけではなかった。起こったことの異常さを取り消せるものでもなかった。

泉水子は、ずっと思いつめていた言葉を口にした。

「ごめんなさい。わたしのせいで……」

「どうして、泉水子ちゃんがあやまるの」

「わたしが真響さんにもっていったんだもの。やめればよかった、考えもなしに」

「たとえ今度の件で引っかからなくても、高柳は、遅かれ早かれ私を標的にしたでしょうよ。わかっていたもの、お互いに」

少し考えてから、真響はつけ加えた。

「用心していたつもりだったんだけど、まだ、考えが甘かったかも。命にかかわる呪いを平気で仕掛けてくるなんて。ここまでやるとは、正直思っていなかったのよ」

泉水子はかすれた声で言った。

「そんなに危険だったのね」

「護身できなければね。でも、私たち、基本で学ぶのが護身だから」

真響は初めて気づいたように泉水子を見て、やさしく言った。

「泉水子ちゃんは呪いに触らずにすんだのね。よかったね」

「何もできないわたしだけ、けがしなかったなんて」

「たまたまだったのよ。部屋が狭かったから、何がどうなるかわからなかったもの」

「ううん、庇ってくれたおかげだと思う。ありがとう、あんなとっさのときに」

真響はほほえんだ。

「私だって、たいしたことはできてないよ。だから、このありさまなんだし」

泉水子は感謝をこめた。

「でも、突き飛ばしてくれたの、真響さんでしょう」

真響の左目は、ガーゼの陰でほとんど見えなかったが、右目はまばたいて泉水子を見つめた。何か見てとろうとする目つきだった。

予想できない反応だったので、泉水子はとまどった。

「真響さん……でしょう？」

おもしろがる表情になって、真響は少々意地悪く問いかけた。

「ねえ、泉水子ちゃん。どっちのほうが余計にうれしかった？　あのとき、突き飛ばしたのが私だった場合と、相楽だった場合と」

「からかわないでよ」

あわてて泉水子は言った。どぎまぎするとは見られたくなかったのだ。

「真響さんがわたしたちを庇ったって、相楽くんだって言ったじゃない」

「それは置いといて、まじめな話、どちらに庇われたほうがうれしかった？」

泉水子は言葉につまった。深行という線は思いつきもしなかったので、聞かれても比べようがない。けれども、しつこく問いかけられると、だんだん顔が熱くなってきたのを感じた。どうしてそうなのかわからなかった。

「……やっぱり真響さん、からかっているでしょう」

最後は憤慨しかけて言っているときだった。泉水子の背後で、窓ガラスがコツコツと音をたてた。ノックをしているような、明瞭《めいりょう》な音だ。

不審に思ってふり返ると、信じられないようなものが目に映った。窓枠に足をかけ、体を折り曲げてのぞきこみ、窓をたたいている真夏の姿だった。

「ええっ、ここ、二階なのに」

仰天して窓の鍵《かぎ》を開けると、真夏はするりとすべりこんできた。窓から下りる様子は、どことなく猫に似ている。制服姿だったが、シャツの裾《すそ》をすっかり外に出し、襟をはだけていた。足ははだしで、下で靴を脱ぎ捨てたようだった。

泉水子は、気圧《けお》されつつも言わずにいられなかった。

「真夏くん、あの、ここ、女子寮なんだけど」

「うん、知ってる」

「西条先生、すごく怖いんですけど」

「病院からもどってきたって、相楽に聞いた。だから来た」

真夏はそう答えた。まなざしは泉水子を通りこして、まっすぐ真響を見ていた。

白い包帯に額と右手を覆われた真響は、ベッドから立ち上がっていた。正面から向かいあった真夏は、数秒のあいだまじまじと姉をながめた。それから息を吸いこんだ。

「なにやってんだよ、このはねっかえり」

とんでもない大声だったので、泉水子は縮み上がった。

「真夏くん、女子寮だから、もう少し……」

しかし、その表情を見て泉水子は言葉をのみこんだ。真夏はいつものような、ふざけ半分の顔をしていなかった。

「どこに鼻をつっこんでいるんだよ。おれがやめろっつったのに、こんなけがまでして。顔に傷をつくるほどの、何があるっていうんだよ。遊びごとだろう、こんな学校。加減も知らずに、どうして無茶ばかりするんだ。顔が大事だったくせに。目をやられて、失明でもしたらどうするつもりだったんだ」

ごまかしもそらしもしない、真夏のまっすぐな怒りに、泉水子が息をつめて見ていると、真響は黙ったままだった。いつもなら威勢よく言い返しそうなものなのに、ただ見つめて立っている。やがて、その瞳《ひとみ》がみるみるうるみ、光るものがこぼれ落ちた。

「真夏のばかっ」

「ばかだよ。前から知っているだろ」

「ばかっ。怖かったんだから……私」

真夏は黙って進み出た。両手をのばしたのは真響のほうだった。弟の肩にすがり、シャツに顔をうずめ、声を上げて泣き出した。泉水子には、立ちつくして見ていることしかできなかった。

三

真響が泣きじゃくり、真夏にしがみついている。真夏は身じろぎもせずに彼女をささえて立っていた。

それまで気丈に押し殺していた、真響のもつ内面に泉水子は心打たれた。また、すがって泣く相手がいることにも心打たれた。泉水子自身は、そんなふうに泣いた経験がなかった。大成《だいせい》にも竹臣《たけおみ》にもしたことがない——記憶にないほど幼いころは別かもしれないが。

（ないのは当たり前かもしれない。わたしはまだ何ごとも、ぎりぎりまで努力したことがなかったからだ……）

そんなことを考えているときだった。開いた窓から声が聞こえた。

「……入るタイミングをのがしたんだけど、入っていいか」

頭と肩だけ見せて、深行が窓からのぞきこんでいた。泉水子は思わずのけぞった。

「なんで、相楽くんまで」

「宗田弟が、見舞いに行くって言うから」

「自分だってけが人でしょう。けがは？」

「二階まで登れるくらい、平気」

深行は体をもちあげ、窓枠に足をかけた。左手首には包帯を巻いていたが、どうやら言葉のとおり、あまり不自由していない様子だった。

それでも無茶だと思い、泉水子はあきれ返った。ふだん、そこまで腕白に見えないのでギャップを感じるのだ。だが、深行はこともなげに言った。

「たいした傷じゃない。ガラスの破片が入っているといけないって、おれまで病院へ行かされたが、本当はガラスで切った傷じゃないからな」

泉水子は、空中をぶんぶんうなって飛び回っていたものを思い出し、ふいに身ぶるいに襲われた。

「ガラスよりたちの悪いものだったら……どうする?」

「なるようにしかならないだろ」

深行は部屋に足を下ろした。同じくはだしだったが、真夏の態度に比べれば遠慮がちで、もう少し侵入者の自覚がありそうだった。声もずっと低めたままだ。

「宗田がやられっぱなしのはずがないと思ったから、来てみたんだが、けっこう意外な展開だったな……」

泣いている真響に、深行も同じくびっくりしているのだった。居心地の悪い人間が二人に増えて、泉水子はなんとなくほっとした気分を味わった。

「真響さんだって、無理をしてたんだよ」

「それなら、高柳がダントツってことか？　それも気にくわない話だな」

泉水子と深行がひそひそと話を交わしているあいだに、真響の涙はようやくおさまってきた。深行が来ていることにも気づいたようだ。真夏の肩から頭を上げ、手で顔を覆いながら恥ずかしそうに言った。

「ああ、もう、やだな。こんなところ見られて、明日は立ち直れないかも」

泉水子は気がついて、引き出しからタオルハンカチを出し、気持ちをこめてさし出した。

「そんなことない。真響さん、本当に大変だったもの」

「ありがと」

真響はすなおに受け取った。すでに自分を取りもどし、これ以上は泣かずにすみそうだった。

「真響、明日は授業を休め。ここで寝ていろ」

真夏が言った。声にはまだ、いつもとはちがう響きがある。

「その代わり、おれが今夜中に決着をつけてくる。できるか？」

ハンカチを押しあてたまま、真響は赤くはらした目をみはって弟を見つめた。

「……真夏が行くの？」

「ここまでされて放っておけるか。高柳ってやつ、自分のしたことを思い知らせてやる。

神霊とまともに向き合うこともできないくせに、小手先で遊びやがって」

「その意見に賛成」

深行が口をそえた。真夏は再び姉に言った。

「ダメージを受けたのはよく知っている。仕返しは今夜のうちにやっておかなくてはだめだ。そいつが二度と式神などいじれないように。今の真響には無理だ。おれが行く」

「だけど……」

真響はまだ少しためらった。のぞきこむようにして真夏がたずねた。

「それとも、真澄《ますみ》に呼びかけられないくらい傷が痛むか？」

「ううん、そんなことない」

決心したように、真響はハンカチをわきに置いた。

「できれば私が行きたかったと思うだけ。真夏がそこまで言うのに、真澄が来てくれないときはないもの」

（真澄……）

初めて聞く名前だが、二人の口ぶりからだれのことかは推察できた。彼らの三つ子のもうひとり――早くに死んだというきょうだいだ。

泉水子が見守っていると、真夏と真響は、どこかそれまでとはちがうふんいきをたたえて、新たに向かいあっていた。互いの目を見つめながら呼吸をととのえ、手と手を合わせる。それから同時にまぶたを閉じた。

目を閉じて意識を集中させる二人は、今までになかったほど顔立ちが似て見えた。幼いころなら、寝顔の見分けがつかなかったにちがいない。何かがはじまる気配を感じ、泉水《いずみ》子《こ》はいつのまにか息を殺していた。

きょうだいの指が動き、合わせた手で印明《いんみょう》を形作る。さらに、結んだ印はいくつもの形に変化していった。

「オンソハハンバ、シユダ、サラバ、タラマ、ソハハンバ、シユド、カン」

「オンタタギヤト、ドハンバヤソワカ」

「オンハンドバ、ドハンバヤソワカ」

「オンバゾロドハンバヤソワカ……」

彼らが唱和を終えたとき、室内で何かが起きたわけではなかった。けれども、泉水子にもはっきりわかった。夜の闇を訪れたものがある。そのせいで、空気が変わったようにさえ感じられた。夜そのものが変化していた。

開けっぱなしの窓から、ふいに澄んだ風が流れこんでくる。目を開けた真響《まゆら》たちは、確信をこめてその目を見合わせた。

「応《こた》えたね」

「はりきっているね」

真夏がようやく少し笑った。

「真響は約束どおり寝ているんだぞ。またいつでも会えるんだから」

すなおに真響はうなずいた。

「うん、信用していいよ。これ以上今夜は無理しないし、もう泣いたりしないから」

真夏は決心したように姉から離れた。あとは何も言わず、わき目もふらず、入ってきた窓から同じように出て行った。

深行もまた黙って真夏に続いた。これから起こることを最後まで見届けるつもりなのは、口にしなくても明瞭《めいりょう》だった。

泉水子は、自分くらいは真響のそばについていてあげるべきだと思った。だが、やっぱり、知りたいという衝動を抑えられなかった。

「わたしも、行ってきていいかな……」

真響にたずねると、彼女は意外とためらわなかった。

「いいよ、あなたたちには見せておくのが筋だと思うから。真澄に会って、そして、よく見てきて。私たちの真澄が式神とはちがうことを」

出おくれた泉水子が寮の外に出たときには、真夏と深行の姿はすでになかった。待っているはずはないので、まず当然だった。

あせってもいいはずだが、なぜか気持ちは静かだった。これほど遅い時間に外に出るのは久しぶりで、夜の匂いにうっとりする。

（やっぱり変化している……玉倉山の闇の匂いに少し似ている）

怖がりな泉水子だが、暗闇を意味なく恐れるということはあまりなかった。山育ちなので、明かりのないところを歩くことにけっこう慣れていたし、わりに夜目もきいたのだ。玉倉山であれば、深夜に外を歩いても平気でいられた。

星を見るため、暮れてから山頂へ登ったこともあった。それに比べれば、夜のキャンパスがどれほど暗いといっても、自由に歩けない場所とは思えなかった。しかし、そう感じるのも、夜の中にどこか親しい感触があるせいかもしれなかった。星などろくに輝かない東京の空の下なのに、今夜ばかりはちがっているのだ。

大胆だとは考えもせずに、泉水子は暗い小道を下っていった。講堂までの坂を下り、正門につながる広い通りに出る。講堂の正面には玄関灯がともり、校舎側の管理棟の明かりとともに、グラウンド手前の広場を薄く照らし出していた。

目をこらすと、そのあたりに三つの人影があった。二つは黒いシルエットであり、真夏と深行だということがすぐにわかる。だが、もう一つは反転したような白い人影だった。

泉水子は近づいていったが、不思議なことに、白く光る人影もそばへ行くまでは、あとの二人と同じくらい細部が見えないのだった。真夏と深行の区別がつくようになって、ようやく三人目も顔立ちや姿が見えてきた。そして、暗がりに立つ彼らの全身がはっきり映るようになったときには、三人とも見え方が同じくらいになって、白い明るさもおさまっていった。

真夏と深行にはさまれて立っているのは、見たところ女子生徒だった。

背丈はちょうど真夏に並ぶ高さで、髪は真響よりも長く伸ばしたストレートだ。身につけているのは鳳城《ほうじょう》学園の制服で、チェックのスカートを短めにはいている。

三人は何か話し合っていた様子だが、いっせいにこちらをふり向いた。だが、だれもそれほど驚いていなかった。真夏がごく当然のように、泉水子を紹介した。

「真澄、このひとが鈴原さんだよ。真響のルームメイト」

白い人影と見えたときから、うすうすわかっていたはずだが、泉水子はやはり驚いて見つめてしまった。ふつうの生徒には見えない特別なふんいきがするものの、存在感はありあまるほどあった。今も、めずらしいものを目にしたように、おもしろそうに泉水子をながめている。スカートの足を遠慮なく開いて立ち、楚々《そそ》とした人物とは言えなかった。

「鈴原さん、こいつが真澄」

「あの、追いかけてきて、ごめんなさい。じゃましないようにするから、わたしも近くにいていいですか」

泉水子が急いでたずねると、真澄はにっこりほほえんだ。意外に気さくだった。

「いいよぉ、気にしない」

その口調と声音《こわね》は真夏と同じものだ。真澄はさらに陽気につけ加えた。

「ああ、でも、おれ、ちょっとばかりもの忘れが激しいから、また名前を聞くことがあるかもしれない。そのときは気を悪くしないで、もう一度教えてね。見える人に見てもらうのはいつでも大歓迎だよ。おしゃれしたかいがあるもん」

隣で真夏が顔をしかめた。

「他の人に見てもらえるから、スカートだったのか」

「鳳城に来て、鳳城の制服を着るのは当たり前じゃん」

「当たり前で、どうして女子の制服なんだよ」

真澄はどうどうと言い切った。

「こちらのほうが、かわいかったから」

泉水子はどう感想をもっていいかわからず、こっそり深行の顔をうかがった。深行は無表情に見えたが、それでも多少はめんくらっているらしかった。真夏と真澄が言い合うあいだに、小声で泉水子にたずねた。

「真澄って、どんなふうに見える？　式神とぜんぜんちがうか？」

「ぜんぜんちがう」

これは確信をもって言えることだった。今になってようやく、和宮さとると式神はちがうものだったということがわかる。ここにいる真澄は、ずっと和宮に近かった。

(真響さんでもなく、真夏くんでもなく、三つ子の三人目なのだ。たぶん、性格も考えているることも、あとの二人とはちがってくるのだ。だから、存在感がすごく強い……白い光に見えるくらいに)

真澄にその器を与えたのが、残されたきょうだいの願いだったことは容易にわかる。だが、和宮が泉水子の言いなりにならなかったように、真澄も彼らに従うものではない。本人がそうしようと思ったから、きょうだいの呼びかけに応じたのだ。

泉水子がそんなことを考えているあいだに、深行は彼らをうながすように言っていた。

「それで、どうする。高柳を呼び出すなら、おれが行ってこようか。あいつはどうせ、部屋で祭文《さいもん》にはげんでいるんだろう」

言葉を返したのは、真澄のほうだった。

「いや、ここで待っていればいいんだよ。呼び出しならもうかけてある」

「どうやって？」

真澄は当たり前といわんばかりだった。

「あちらが格下だもん、おれが来いと言えば来るしかないよ。出向いてやる必要なんてないよ」

ダンスでもするように真澄は足を踏み替えた。真夏もあまりじっと立っていられない少年だが、今夜は彼のほうが落ち着いて見えるくらいだ。

「たかが式神のくせに、生徒と同じに在籍しているなんて、ちょっと頭にきちゃうよ。それができるくらいなら、おれだってここの生徒になれるよ。うん、なれるんじゃないかな。真夏、おれ、転校生になって昼間も来ていいか？」

「スカートでか」

「だめなのか？」

「おまえな。おれにクリソツだってことを肝に銘じて考えろよ」

講堂の角を回り、高柳一条と小坂信之が歩いてきた。

真澄が言ったにもかかわらず、本当に相手がやってくると、泉水子はぎょっとしてしまった。彼らの対決を、陰からこっそり見守るつもりでいたのだ。すでに隠れようもないことにあたふたする。

高柳のいでたちもまた、目を疑うようなものだった。白の袷《あわせ》を着て白の袴《はかま》をはいていたのだ。闇から浮かび上がった彼の姿は、どこかの亡霊のように見えた。寮で部屋着に和服を着てはならないという規則はないが、まず、どう見ても不自然だ。小坂信之は、どこに出没しようとも人目に立たない印象だった。夜の中に溶けこみそうだが、シャツと学生ズボンのようだ。

わずかな明かりに見え隠れして向かってくる二人を見つめ、深行があきれた声でつぶやいた。

「高柳のほうが式神でおかしくないな……」

彼らが、呼び出されたと思っていないのは態度で見てとれた。少なくとも高柳は、武蔵《むさし》が小次郎《こじろう》を待たせるのは当然と思っているような、もったいぶった歩き方だ。

二、三メートルの距離を残して、ようやく高柳は足を止めた。黙って立っている真夏と真澄、少し間をおいた深行、さらに数歩離れた泉水子へ順に目をやる。人数差はまったく気にならないようだった。落ち着きはらった口ぶりで言った。

「ふうん、こういう顔ぶれ。つまらなかったな」

真澄の姿を目にしても、たいして感銘を受けないのだ。彼が顔を向けたのは、深行のほうだった。

「昼間のあれで、まだ思い知らないというのは、相楽もあんがい利口じゃなかったな。宗田と組もうと、他のだれと組もうと、ぼくの優位はくつがえせない。レベルがちがうってことを、この前はっきり言いおいたのに」

少し肩をすくめた深行は言った。

「この前のことは忘れたが、気にしないでくれ。今回はギャラリーだから」

「ギャラリー？」

「話があるのは、宗田だよ」

「ああ、C組の弟くんね」

高柳はあらためて真夏を見やった。存在を知っているという程度で、直接話をするのは初めてらしかった。

「ぼくも、宗田真響の病院行きはお気の毒だったと思っている。言いたいこともあるだろうが、苦情をもちこまれても困るよ。ウェブサイトに勝手に手を出したのは彼女のほうなんだから」

真夏は顔をそらせて相手を見つめていたが、おもむろにたずねた。

「あんたさあ、ひとに呪いをかけるのが楽しいわけ？」

「呪いだなんて、現代にふさわしくないことを口にしないでほしいな。それはぼくの『影響力』だと言い換えてほしい」

高柳は胸をはった。

「ぼくの影響力は、他人を導いているだけだ。きみたち以外の生徒なら、ぼくのサイトを訪れて感動したと言ってくれるよ。アクシデントがあったのは、本人の持っているぼくへの害意がはね返ったものだろう」

「害意？　真響が？　笑わせる」

　真夏が言い返した。

「この学園に変なものを持ちこんでいるのは、あんたくらいなものだろう。うっとうしい程度ですむなら、がまんしてやってもよかったが、真響が傷ついたからには、こちらも黙っていられない」

　高柳が細い目もとをさらに細くした。

「黙っていられなかったら、どうするって。言うだけむだだよ。わざわざ来たのもむだ足だったようだ。帰るぞ、きみらほどヒマじゃないんだ。そちらが昼間以上にこてんぱんにのされたいなら別だが」

「こてんぱんね。いい言葉だなー」

　真夏がふいに笑った。

「やってみなよ。何もわかっていないのはそっちだということを、教えてやるよ。式で縛った気の毒な霊を手下にして、本人は高等な術だと思っているらしいが、そんなものは子どもだましだってことを」

「何もきょうだいそろって、けがしなくてもいいのに。きみらに式神の相手は無理だ」

　かたわらで息をつめていた泉水子は、ふと考えた。

（ひょっとして、高柳くんには、真澄くんが見えていないのでは……）

そう思って見やると、自分にも真夏がひとりで立っているように見えた。泉水子はあわててまばたきをくり返した。

だが、高柳は悠然と指摘した。

「きみに憑《つ》いているものがいるのは知っている。けれども、そいつを飛ばして相手に害を及ぼすことはできないはずだ。式の縛りもなしに、人間にはコントロールできないものだからだ。まさか、使える気になっているんじゃないだろうね。そのまま使おうとするなら、人間のほうが喰《く》われるぞ」

「使おうなんて思っていないよ。おれ、複雑なことはきらいだから」

真夏がむぞうさに前に出た。すたすたと高柳に近づいていく。

「なぐってやりたいやつがいたら、自分のこぶしでなぐるだけなんだよ」

泉水子はすくんで両手を組み合わせた。真夏の性格ならありそうなことなのに、今まで気づかなかったのだ。彼は最初から、高柳を素手でなぐりにきたのだった。

（……でも、向こうには小坂くんもいるのに）

真夏を見て、小坂は高柳のわきを固めた。おとなしそうな風貌《ふうぼう》でも、彼は式神だった。真響が傷ついたときの常識はずれな情況を思えば、何が起こるかわからなかった。

高柳はかるく舌打ちすると、袂《たもと》から束になった切り紙を取り出した。

「野蛮な態度だな。ぼくはそういう単純さのほうがよっぽどきらいだ。知らないよ、どうなっても」

重なった紙に息を吹きかけると、高柳はすばやく腕を振り、真夏に向かって束ごと投げかけた。

「急々《きゅうきゅう》如律令《にょりつりょう》」

高柳の声とともに、白い切り紙は一枚一枚が滑空する鳥のように飛んだ。宙に広がった紙は、真夏に触れたときには全身を覆うほどに見えた。だが、ただそれだけだった。真夏は、手で払い落とすことすらしなかった。あっけなく地面に落ちた紙きれを見て、高柳の目がいくぶん大きくなる。初めて後ずさった。

「行け、あいつの術を破ってこい」

命じられた小坂は、ためらうことなく前に出た。メガネをかけた顔に感情はなく、ただ意識を集中した熱心さがあった。真夏は、彼にもこぶしで応じる気でいた。ほぼボクサーのかまえで、腕をひいて痛烈に顔のあたりをなぐりつけた。

小坂がはっきりとよろめいた。高柳がぼうぜんとした表情でさらに後ずさった。真夏は様子を見て立ち止まる。

小坂は体が前より霞《かす》んだように見えた。だが、それからもちなおし、腕を振りあげた。そして次の瞬間、小坂の全身が勢いよくはじけ飛んだ。唐突すぎるできごとだった。

宙へ飛んだ何かが五つ六つの青白く燃える玉に変わり、頭上を飛び回る。リンが燃えたような色は、狐火に似ていた。

「ばかな。式をほどいたのか」

高柳がのどのつまった声を出した。信じられないように真夏を見やる。

「なんてことをした。いきなり野放しにしたら、ぼくにも手に負えないんだぞ」

「ほら、認めたじゃないか。凶器になるものを持ちこんでいるって」

真夏は空中を飛ぶものを見上げた。

「生きものの恨みをむだに作り出すな。いつかは消せない大きさになって、使い手が死んでも残ることになるぞ」

「そんなこと言ってる場合じゃない。死ぬのはきみだ。あいつらは、式をほどいた人物をねらうんだ」

「へえ、そんなに恨まれているんだ」

「ばかを相手にするんじゃなかった……」

高柳は顔をおおってつぶやいた。もう、あまり尊大な態度には見えなかった。

「ぼくだって、人殺しをしようとまで思っちゃいないのに。きみが悪いんだぞ、こんなまねをするから」

動こうとしない真夏を見て、高柳は声がうわずりはじめた。

「護身しろよ。護身してくれ、たのむから」

「おれ、そんなの知らないもん」

高柳は、見ていられないようにうずくまってしまった。

「かんべんしてくれよ……」

式神使いの術は紙一重のきわどさをもつということが、泉水子にも伝わってきた。しかし、当の高柳ですら手をこまねくのに、部外者が何をすることもできない。身動きもできずになりゆきを見ているしかなかった。

宙を舞っていた青白い火が、光の尾を引いてらせん状に落下してきた。目ざすものは真夏だった。高柳が悲鳴になりかけた声をあげる。

見上げた真夏は、まるであいさつするように片手を高くあげた。

かかげた手のひらに、青白い炎がひとつひとつ吸いこまれていく。

最後の炎が消えると、夜がもとの静かな夜にもどっていった。真夏は腕をおろし、自分の手のひらをしげしげと見た。

「こいつらは、もうどこへも行けない。喰われたほうが、こいつらのためにもいいんだ」

そんな真夏の様子を、すっかりしりもちをついた高柳が蒼白《そうはく》な顔で見上げていた。

「人間じゃない……」

かすれた声で高柳はつぶやいた。

「人間じゃないのか、きみは」

「あ、今ごろ気がついた？」

真夏は明るく笑うと、高柳の腕をつかんで助け起こした。立ち上がった高柳の袴《はかま》のすそを払ってやりまでする。それから、ぼうぜんと立ちつくす彼とあらためて向かいあった。

「言っておくけど、あんたを素手でなぐるのは真夏の意志だから、変更しないよ。おれだって、あざくらい作れるって教えてやるよ。あ、おれ、じつは真澄っていうんだけどね」

いきなり高柳の顔面にパンチを決めてから、彼はさらに言った。

「おれたちが、同じ条件でおれたちだってこと、体で覚えといてね。あんたの式神とちがうのは、こういうところなんだよ」

高柳には驚いているひまがなさそうだった。どこから見てもファイターには見えない男子であり、このはこびが気の毒にさえ見えてきた。

泉水子がまだ動けずにいると、すぐそばで声がした。

「おいしいところはゆずるのが、あいつとつきあうコツなんだ」

真夏が立っていた。いつからそこにいたのか、泉水子にもさっぱりわからなかった。

思わず、高柳のほうを指さしてたずねる。

「あの……あれ、やっぱり本当になぐっているの？」

「そりゃあ、真澄だって怒ってるよ。気がすむまでやらせとく。あいつが出番をほしがる気持ちも、よくわかるからさ」

腕組みをした真夏は、言葉を続けた。

「おれたちは同じ条件だけど、それでも、おれはしじゅう真響のそばにいられる。あいつには無理だ。おれがあいつだったらさみしいと思うよ。だから、ときには、おれが見ているだけの立場になって、おあいこを作らなくちゃいけないんだ」

真澄の気がすむより早く、高柳が伸びてしまった。真夏の姿をした真澄は、息も切れないし汗もかかないのだから、早くに伸びるのは賢明だったかもしれなかった。

真澄以外の三人は、目を回した高柳をいくらか心配した。すでに小坂はもどらないのだし、これ以上事件を大きくしたくなかったのだ。しかし、真澄が言ったとおりあざになったとしても、けがとしてはたいしたものではなかった。精神的なショックのほうが大きかったようだ。

彼がいくぶん正気づいたので、真夏と深行が両脇をささえて男子寮へもどることになった。真澄は、真響にひと目会いたいとだだをこねた。真夏が反対すると、一瞬で女子制服と長い髪にもどり、これならいいだろうとねばる。根負けして、泉水子が女子寮へつれていくことになった。

寮の中へは、うまくだれにも見つからずに入ることができたが、真響はと見ると、すでにベッドで深い寝息をたてていた。多少の物音では目をさまさないほどの熟睡で、真澄がのぞきこんだくらいでは身じろぎもしなかった。

「ほらね、真夏くんも寝ていろって言っていたし。真響さん、今日は一日大変だったんだよ。寝かせておいてあげようよ」

泉水子が小声で言うと、真澄はすなおにうなずいた。

「うん。寝顔を見るだけでもいいんだ」

二段ベッドのはしごを半分のぼった姿勢で、真澄はひっそりと真響を見つめていた。しばらく動きそうにないので、泉水子がそのままにして洗面所へ行き、もどってみると、いつのまにか黙って消え失《う》せていた。ようやく気がすんだようだ。

（さびしがり屋さんか……）

泉水子は思わずほほえんだ。真響や真夏が何を強調したかったか、今ならよくわかるような気がしたのだった。

翌朝になり、時計のアラームが鳴って、真響も目をさました。だが、彼女はなんだかぼんやりしていた。泉水子にゆうべの様子をたずねもせず、話しかけても生返事しかせず、朝食にも行きたがらないのだ。舎監の西条が具合をたずねにきて、やはり真響の元気のなさを心配した。内線で養護教諭が呼び出された。

「けがの悪化じゃなさそうですが、多少ショックが残ったのかもしれない。本人、痛みはないと言っているし、熱もないし、血圧は低めだけど正常範囲だから、もう一度病院へ行くほどのことはないでしょう。安静にして様子を見ましょう」

簡単に今日の欠席が決まった。教員たちの知らない事情を知っている泉水子は、まだあれこれ気がかりだったが、元気な自分は授業に行かないわけにはいかない。再び眠ってしまった真響の枕もとに購買のパンと飲み物を置き、C組の教室へ向かった。

真夏がやってきたら、真響の様子を話そうと思っていた。だが、その朝は、真夏まで姿を現さなかった。彼も欠席だということがはっきりして、泉水子はだんだん不安が増してきた。

（まさか、みんな、具合が悪いのだろうか……）

ひょっとすると、深行も欠席しているのではという気がしてきた。ゆうべの様子では、なんでもなさそうだったのだが、別れた後に突発的に何かが起きたのかもしれない。あれほど異様なことをつぎつぎに見せられた後では、どんなことがあってもおかしいとは思えなかった。

確かめずにはいられなくなり、泉水子は小走りになってA組へ急いだ。廊下を行ったり来たりして教室の中をのぞいてみる。そこに高柳と小坂が見あたらないのはわかるとしても、深行の姿も見えないようだった。

やっぱり何かあったと動悸《どうき》の上がる胸を押さえたとき、別の方角から声がした。

「何か用か？」

深行が二階から下りてきたところだった。

いつもどおりの深行だった。睡眠不足も表には見せず、清潔なシャツを着てさっぱりした顔をしている。泉水子はひと目見て、緊張がいっきにゆるむのを感じた。思わず笑みまで浮かんでくる。

「よかった……なんともなかった？」

「ないよ。どうして」

「真夏くんまで休んでいるから、どうしたかと思った」

「ああ、寝ているって聞いたな」

ちらっと笑って深行は言った。

「昨日の夜は、三つ子のまんなかがあれだけ目いっぱい活躍したから、そういうこともあるんだろう。式神を使うのとはちがうと言っても、なんらかの術ではあるんだ。生身の二人に、それなりの負担がかかるんだよ。それでも、よそから害を加えられたわけじゃないから、心配するほどのことじゃない。少し休めば回復するはずだ」

「それならいい」

ようやく息がつける思いだった。ゆうべのできごとを、日常茶飯事のように語れる相手がいることは、ずいぶんありがたいことだった。

「様子がわからなかったから、真響さんがぼんやりしているのは、高柳くんの術がまだどこかで効いているのかと思っちゃった」

「それはないな。あいつの『影響力』は今のところ終わったよ」

深行の口調は愉快そうだった。

「今、生徒会室のパソコンで確認してきた。戻り橋サイトは完全に閉鎖したよ。ゆうべの高柳はそうとうへこんでいたから、宗田にわびを入れるかサイトの閉鎖か二つに一つと迫ったら、簡単に同意したんだ。あいつの部屋に、後から三つ子のまんなかが入ってきて迫ったせいもある。それはもう一発だったよ」

「真澄くん？　女子寮のあと、そっちへ行っていたんだ」

「宗田の傷を見てきたと言って、けっこう鬼気せまるものがあったな」

思い返しながら深行は続けた。

「そして、サイトを閉鎖してしまえば、高柳が術で起こした影響は長くは続かない。あいつの占いにどんなにはまった女子でも、日に日に忘れていくだろう。人工的につくった人気の持つもろさだ。来週になれば、だれもが目のさめた気分になっているはずだ」

「高柳くんの部屋には、祭壇《さいだん》があった？」

泉水子がたずねると、深行は腕時計を見やった。一時間目の始業を見はからったようだが、早口に言った。

「ちょっと外に出よう。まだ少し時間がある」

つれだって校舎の軒下に場所を移し、他の生徒に聞かれないように注意をはらってから、深行はゆうべのあらましを語った。

高柳一条を、なんとか舎監に知られず彼の部屋へ運び入れたこと。真夏と二人で、ざっと介抱してやったこと。部屋に入れたのをいいことに、高柳のつくった祭壇のもろもろの品は、問答無用でゴミ袋につっこみ、お祓《はら》いをして燃えるゴミにしてしまったこと。

「だから、当面のあいつのもくろみはついえたよ。ただし、祭壇を片づけたからって、高柳が再起不能になるわけではないし、仲間も学園内にいるようだから、また何かたくらみはじめるかもしれない。とはいえ、どんなに早くても、今年の生徒会役員選挙にはまにあわないだろう」

そう結論してから、深行はつけ加えた。

「あいつの部屋を見て、どんだけ御曹司かは肝に銘じたよ。白袴《しろばかま》を見てわかるものはあるが、まあ、業界ではサラブレッドなんだろうな。だけど、三つ子のおかげで鼻っ柱はそうとう折れただろう。たとえ立ち直ったとしても、能力者は自分だけではないことをさとって、もう少し謙虚になっているだろうよ」

「謙虚にもなるよね」

泉水子はしみじみうなずいた。

「すごかったね、宗田さんたち。真澄くんって最強みたい」

「こういう世界にも、いろいろなタイプがいるってことは身にしみたな」

深行は言って、手首に巻いた包帯にさわった。

「きょうだいのひとりが神霊というのは、たしかにすごすぎる。宗田ひとりの能力じゃ及ばないことでも、三人寄れば可能になるんだ。そのことは思い知ったよ」

「式神と神霊はちがうって、わたしにもよくわかったと思う」

考え考え泉水子は口にした。

「神霊は清らかで自由な感じ。でも、高柳くんが、コントロールできないものを扱うのは危険だと言っていた、その言葉も気になるの。和宮くんのこと、思い出してしまって」

深行はあれこれ思いあわせたようだった。やや間をおいてから言った。

「とりあえず、あれを見せてもらっただけ、よかったんじゃないか。おれたちは」

「そうかもしれない。わたし、自分が特別おかしな人間じゃないかって、ずっとつらかったけど、そうじゃないことがよくわかった。この学園に来てよかった」

泉水子は、自然な気持ちで言えることをうれしく思った。

「真響さんたちのほうが、ずっと特別だった。そのことで、わたしみたいにくよくよしていないし。もっと見習おうと思っているの」

「仲よくなれたんだな、おまえたち。よかったじゃないか。前から友だちが欲しかったんだろう、外津川《そとつがわ》高へ行きたかったほどに」

めずらしく好意的に深行が言った。泉水子がびっくりして、その顔をうかがってしまったほどだ。他意はないようだったが、続く言葉は意味あいが異なっていた。

「宗田たちが気をゆるして、奥の手を見せてかまわないと思ったのは、よくよくのことだったんだ。鈴原、その友だちをなくしたくなかったら、彼らにぜったいに姫神の話をするなよ」

「え、どうして？」

目をみはる泉水子に、深行は口調を強めた。

「忘れちゃだめだ。宗田は、おれに術者としてたいしたことができないのを知っている。だからこそ、仲間にできると思っているんだ。鈴原のことも、そのおれのパートナー枠だとふまえている。ある意味、高柳と同じ見解だが」

「でも……」

泉水子はまごついた。

「友だちって、そんなふうに隠し立てしたらいけないのでは。向こうが心を開いてくれたのに」

「別に、いいんじゃないか。おれが無能だから有利な立場に立つことくらい」

目をそらせて深行が言った。どういうつもりで言っているのか、さっぱりわからなかった。怒ったというわけでもなさそうで、その先は口をつぐんでいる。とまどった泉水子は、なるべくいい解釈をしようとつとめた。

（つまり、パートナーと見られてもかまわないと言っているのかな……）

泉水子がいることは、深行にとってお荷物なのだろうと思っていた。彼がそれなりに女子にもてることは、ずっと前から承知済みで、だからこそ、自分との組み合わせで考えられるのは、深行の立場では心外なのだろうと思っていた。

（……そういえば、生徒会室で庇《かば》って突き飛ばしてくれたのは、本当はだれだったんだろう。深行くんってこと……あるのかな）

たずねてみたかった。だが、思いついただけで急にどぎまぎして、言葉が出てこなくなった。泉水子が結局は黙りこんでいると、深行は深行で、自分の考えを追っていたらしかった。ふいにかけ離れたことを口にした。

「修行したくらいで、おれに術者のあいつらを超えられるとは思わない。スタート地点がちがう。おれはそういう環境で育ってこなかったし、それとかかわる生き方がしたいかどうかも、いまだによくわからない。自分の能力は、もっと他で伸ばしたほうがいいような気もするし」

半分は自分に言っている様子で、深行はつけ加えた。

「それに、人間のタイプでいうと、おれは宗田よりも高柳のほうに近いんだよ」

意外な表明だったので、泉水子にも質問することができた。

「高柳くんのこと、たしか、ムカツクって言ってなかった？」

「そうだよ。ムカツク」

泉水子は首をかしげた。

「よくわからない……少しだけわかるような、でもやっぱり、よくわからない」

「鈴原は、わからなくていいよ」

いきなり深行との距離が開いたようだった。泉水子は思わず言った。

「そんなことない。わたし、わかりたいもん。相楽くんって何を考えているのか、知りたいと思ってるし……」

語尾が消え、もって行きようのない間があいたが、深行は前よりはっきりほほえんだ。顔を見ることができなくても、明るい声でそうとわかった。

「今、考えているのは、小坂が消えたことを学園がどう扱うのか、見てやりたいということかな。高柳の部屋にだれが入るのか、教員の中に協力者がいるはずなんだ。宗田弟はそういうことに関心ないだろうが、宗田が元気になったら、きっと同じに考えるはずだよ」

（真響さんとは、共感できるということかな……）

泉水子が思いめぐらしている最中だった。聞き覚えのある声がした。聞き覚えがあっても、この場所で聞くなどとは思ってもみなかった声だ。

「姫と従者がおそろいで、何してるの。秘密会議？」

二人が絶句したのも無理はなかった。にこやかに近づいてきたのは、相楽雪政だった。

相楽雪政は、どこにいようと場ちがいに輝く人物だった。目の前にする彼の姿も、まったくそのように映った。

ウェーブのある栗色の髪は柔らかく、流行のスタイリングをしている。笑顔はあくまで若々しく、ダークカラーのビジネススタイルをしていても、二十代に見えるのは確実だった。ネクタイはとびきり華やか、スーツはそのへんのビジネススーツとはあきらかに異なっている。C組担任の笹本《ささもと》が着ている背広と同じものに見えないのは、仕立てもさることながら、着る本人のプロポーションが異なることを痛感させられた。

最初の驚きがさめても、深行が口を開こうとしないので、気づいた泉水子があわててたずねた。

「相楽さん、学校訪問なんですか」

「いやいや、今日から学校関係者だよ。非常勤講師」

「非常勤講師？」

泉水子と深行が異口同音に聞き返した。耳を疑う二人を、雪政は楽しそうに見比べた。

「そうだよ。そんなに変だったかな」

「変に決まっているだろ。だいたい雪政に、教えられる教科なんてあるのかよ」

ようやく深行が低い声で問いただすと、彼は得意げにあごをそらせた。

「英会話だよ、当然じゃないか。教員免許は前からもっているんだ。ただ、更新と採用手続きに少々手間がかかって、今になったというだけで」

「ふざけてる……」

あきれはてた様子で、深行の声がかすれた。

「どうしてそこまで節操のないまねができるんだ。あんたって人、何して生きているんだよ。まともな就職もしないで……」

「生活に不自由させたおぼえもないのに、言われることじゃないな。大事なものを大事にする生き方をして何が悪い。必要とされる場面にいるだけだよ、わたしは」

雪政の言葉に、泉水子はこわごわながらたずねた。

「あのう、相楽さん、それがこの学園なんですか？」

雪政は泉水子に、きれいな笑顔をふり向けた。

「もちろんだよ。重要な局面になったら、姫《レディ》をお守りするのはほんものの騎士《ナイト》だ。そこにいる小姓《ペイジ》ではなくね」

泉水子たちが応じきれず、立ちつくすうちに、遠くから相楽先生と呼ぶ声が聞こえた。管理棟の裏窓が開いて女性教員が顔を出している。

「おっと、いけない。打ち合わせがあるんだった」

体の向きを変えながら、雪政はすばやく言った。

「授業分担によっては、教室で会えるかもしれない。じゃね」

突風にあおられた気分で、泉水子は去っていく雪政を見送った。彼の周囲には感情の波乱がつきものだということを、久しぶりに思い出した。そして、深行もまた、父親を前にすると平静でいられないのを思い出した。

隣をおそるおそる見上げると、深行はいくぶん青ざめた顔つきだった。口の中でつぶやいていた内容は聞き取れなかったが、いきなり声に出して言った。

「ばかばかしい。やってられるかよ」

泉水子は身を縮めた。これはつまり、怒り心頭に発しているのだった。

「もうたくさんだ、勝手にやってろ。おれは下僕じゃないし、あいつがそうしているのを見るのもまっぴらだ」

泉水子には何を言うひまもなかった。深行は見向きもせずに教室へもどっていった。予鈴が鳴るのが聞こえたが、泉水子はあと数分動けなかった。ささやかに築こうとした何かが一瞬でばらばらになり、更地同然にもどり、再建は不可能だと思えたのだった。

第四章　穂《ほ》高《だか》

一

夢の中で、泉水子《いずみこ》は気持ちよく歌っていた。祖父の竹臣《たけおみ》が教えてくれた舞の歌、たいそう古いという歌だ。

歌詞の意味はよくわからないが、玉倉《たまくら》山の頂《いただき》の白い霞《かすみ》が泉水子を取り巻いており、なじみ深いすがすがしさが、この歌にふさわしかった。

からのを　塩に焼き
しがあまり　琴につくり
かき弾くや
ゆらのとのわたりの　となかのいくりに
ふれたつ　なづの木の

さやさや

目がさめたとき、一瞬、自分がどこにいるのかわからなかった。舞のひと足を踏みだすところだったのだ。はるかに隔たった、東京の学園で生活していることを思い出すと、ずいぶんがっかりした。

（そういえば、もうずっと舞っていない……）

泉水子の舞は自己流で、最初は祖父に型を教わったものの、後はひとりで好きなようにやっていた。ときどき山頂へ行って舞っていたが、苦手とするスポーツの代わりで、正式に習いたいと思うこともない、気ままなひとり遊びだった。

神社を出ると決めたときから、よそではできないと承知していた。それに、する必要もないと考えていた。もう一度舞いたいと思っていることに少し驚く。

またホームシックにかかっているのだと、泉水子は自分自身にうんざりした。へこんだ理由はわかっていた。思うようにならないことばかりで、ひとり遊びで充足できたころにもどりたくなっていたのだ。

さわぎになることが予想できたとはいえ、相楽《さがら》雪政《ゆきまさ》の非常勤講師就任は、やはりたいしたさわぎになった。

その日、授業を休んでいた真響《まゆら》まで、教えなくても知っていた。泉水子が部屋にもどると、目覚めてすっきりした顔をしていたので、喜ぼうと思ったら、「タレントみたいにかっこいい先生が来たんだって？」と言われた。すでに複数の友人からメールをもらっていたのだ。

朝の出会いがショックで、いろいろ整理できなかった泉水子は、よく知らないと答えてしまった。しかし、最初に否定したことで、しらを切りとおすはめになると、気がついたのは後日だった。そのころには、知り合いだなどと明かせば大さわぎになる事態になってしまっていた。

ほっとすることに、雪政の授業の受けもちは、二、三年の選択英語と留学生の補習になり、泉水子の直接の指導には当たらなかった。教壇に立つ雪政と顔を合わせずにすんで、心底ありがたかった。周囲のさわぎが増せば増すほど、教師として会うのは居心地悪く思えた。

鳳城《ほうじょう》学園の立地は、東京にあるといっても、多数の生徒にとってはひっこんだ場所だったのだ。泉水子にはまだあまりぴんとこなかったが、寮生活に押し込められ、華やかなものごとから遠ざけられたと感じるらしかった。そんな中に、旋風を巻き起こした雪政だった。

就任からしばらくのあいだ、高等部の食堂では、全生徒がテーブルで雪政の話題を出しているかに思えた。少なくとも、女子生徒ならばそうだった。授業をもたない一年生でも、泉水子のまわりでは話が飛び交ったのだ。

「マサチューセッツ工科大にいたんだって」

「雑誌モデルをしたこと、あるんだって」

「気功ができるんだって」

「大使館に友だちがいるんだって」

泉水子は、身をすくめていることしかできなかった。

考えてみれば、泉水子とて、彼の個人的なことをよく知っているわけではなかった。顔見知りの年月が長いというだけで、うわさの真偽すら判別できない。

(言い出す必要もない……人に自慢できるほど知っていたわけじゃないもの)

そう考えるものの、せめて、もう少し地味な人でいてくれたら話もできたと、うらめしく思わずにいられなかった。

先輩の誘いを片っぱしからふったとささやかれ、彼氏に興味なさそうな真響も、大人気の英語講師を無視できない様子だった。友人といっしょに話題にのり、けっこう楽しそうだ。だが、積極的に何かしようとはしなかった。

一度、泉水子と真響が並んで歩いているときに、雪政とすれちがったことがあった。気づいた泉水子は思わず顔をふせたが、その必要もなかった。彼はまずひとりで歩くということがなく、複数の生徒が前後を取り巻いて、こちらに目を向けるひまもなさそうだったからだ。

真響は、足を止めて雪政の後ろ姿を見送っていた。彼女らしくない態度に見えた。泉水子はためらいがちに聞いてみた。

「そんなにいいの、相楽先生」

「あの人、パワーがある」

真響は断言し、泉水子は内心ぎくりとした。

「そ――そうかな」

「泉水子ちゃんの目って、人の場合はあまり見分けないの?」

「あ、うん。人は人として見えるだけ」

「私だって見えているわけじゃないけど、磁力みたいなものは伝わるよ。何者なんだろう、あの人。ただのイケメンじゃないと思う」

口もとに手をやり、考えこみながら真響は続けた。

「うかつに近づけない感じがする。魅力がありすぎてきっと危ない。とてつもなく悪い人か、とてつもなくいい人だけど、はっきりしたころには磁力で離れられなくなっているから、どっちだろうともう遅い――そういう人に見える。遠巻きにしているのが利口かもね」

真響が評したことは、泉水子が聞いてもうがっているような気がした。雪政には、たしかにそんな感じのところがある。だが、自分の場合、かかわりから言えば「もう遅い」の部類になるのだと考えた。

（ああ、ますます知り合いとは言いづらい……）

深行《みゆき》はどのように対処するつもりだろうと、思いやらずにいられなかった。

彼らが親子だと周囲に知られたら、これまた爆発的な話題になるだろう。だが、今のところ、だれもその点をついてはいなかった。名字が同じであっても、それを思いつく者は出てこなかったのだ。

たしかに、はたから見て親子とわかる二人ではなかった。雪政の実年齢を知る者がなければなおさらだ。うわさがどこにも立たないところを見ると、深行はもちろん雪政も、その件では自分の口を閉ざしているらしい。

（でも、いつかは知られることになるんだろうか。聞いておかないと……親子関係がばれた日には、わたしも真響さんやみんなに言い訳するはめになるんだから……）

校舎の外での会話以来、深行とは何日も話をしていなかった。だが、そろそろころあいだと思えてきた。深行とて、雪政の出現に永久に腹を立てているわけにはいかないだろう。歩みよって、もう少し冷静に言うべきこともあるだろうと考えた。

根気よく話す機会を探していると、ある日の昼休み、生徒会室の奥で会誌をめくっている深行を見かけた。先輩たちがそばにいない、めったにないチャンスだった。

泉水子はためらいを捨てて部屋に入った。

「あのね、聞きたかったんだけど。相楽先生のこと」

窓にもたれて冊子を読んでいた深行は、目を上げて泉水子を認めたが、すぐにページに目をもどした。

「先生のことは、先生に直接聞けばいいだろ」

腹を立てていないことはわかるが、気のない口調だった。

「でも、教わるクラスじゃないから、わたしには話すときがないし」

「姫を守ると言ってるんだから、遠慮することないじゃないか。説明しろと言えば説明だってするだろ。こんなところで、何をごちゃごちゃ言ってるんだよ」

泉水子は少したじろいだが、声をはげました。

「相楽くんに聞いているの。どう思っているか知りたいから」

深行はあきらめたように冊子を閉じた。

「そんなに聞きたければ言うが、おれに話しかけるな、と思っている」

勢いで口にした言葉でないぶん、内容がつきささってきた。深行は腰を上げ、泉水子の前に立ったが、ずいぶん平静な態度だった。泉水子をにらみつけるわけでもなく、ただ、きっぱりした拒絶があった。

「ああいうやつと手を組んでいると思われることだけは、まぬがれたいんだ。雪政がここで何をしようとかまわない。だが、おれとは無関係だ。鈴原《すずはら》といっしょにいることで、同じ仲間とは見られたくない」

何を言い返す余地もなく、深行は泉水子のわきを通って生徒会室から出ていった。二度と二人きりにはならない決心をしているのだと、そのときわかった。

（そこまで……そんなに……お父さんのことがきらいなの？）

雪政の息子であることは、並たいていのことではないのだろう。それを察することができるとしても、本当のところは、深行にしかわからないことだった。同じ感情をもつことは、泉水子には無理だった。

思い返してみれば、深行とは再会したときからずっとこの間柄だった。雪政が息子に、泉水子の下僕だと宣言したそのときから、埋められないみぞがあったのだ。同じ立場にはなれない関係だった。

（別に、何もなくしたわけじゃない。ひとりだった。最初から……）

結局どこかで深行にたよっていたことを、自覚できるのが情けなかった。泣きそうになったが、それではあまりにみじめに思えて、けんめいに目をこすった。

（わたしだって態度を変えられる。甘えた考えを捨ててやりなおそう。他人の顔色をうかがうのはやめて、自分で行動できるようになろう……)


雪政に直接たずねるしかないのだと、泉水子はようやく覚悟を決めた。

決心してみれば、雪政に聞いてみたいことはたくさんあった。今までのこと、今後のこと、雪政なら話してくれるだろうと思う。彼のふるまいに気おくれせず、問いを発する勇気を持たなくてはならないのだ。

(だけど、どうやって、相楽先生と込み入った話をしよう……)

どう見ても、雪政と二人になれる時間があるとは思えなかった。彼の周囲はいつでも人だかりがしている。生徒ばかりか教師までもだ。非常勤なので、授業後の空き時間に構内に残っていることも少なかった。

メールが打てない泉水子には、封書《ふうしょ》で手紙でも書くしか方法がなかった。これでは古典的なラブレターだと思いながら、職員用の靴箱を探し当てて封筒をさし入れたが、靴箱の扉を開けたら先着の封筒が何通もあって、思わず脱力した。

手紙を出して、雪政がどう返事するかわかっているわけではなかった。数日は気がかりだったが、それも忘れそうになっていたころ、もどってきた英語の小テストの隅に、採点とは関係ない赤ペンの書きこみを見つけた。

〈土曜の朝、高尾山《たかおさん》に登ってごらん〉

泉水子は何度か見返して気がついた。これがたぶん、雪政の返信なのだ。

（高尾山……？）

うっすらとよみがえったのは、修験の山だと言った佐和《さわ》の言葉だ。自分が学園の外をまるで視野に入れていなかったことに、急に気がついた。

（そうだ、外出すれば話す場所はたくさんあるんだった……）

思いつかなかったのは、泉水子ばかりでなく、週末にどこかへ出かけようと考えたことが一度もなかったせいだ。これは泉水子が、新入生全体の傾向だった。外出するほど余裕のある生徒が、まだそれほどいなかったのだ。

だが、土日の外出には原則的に制限がなかった。二年三年ともなると、中にはひんぱんに遊びに出る生徒がいるようだ。ひっこんでいるとはいえ、渋谷《しぶや》や原宿《はらじゅく》へ出ていって日帰りでもどれるのである。その気があれば秋葉原《あきはばら》でも。

（なんだ、簡単なことだった……）

泉水子は自分の思いこみを笑いたくなったが、高尾山については知識をもたなかった。学園近くにある山ということだけだ。あわてて図書館へ調べに行った。

図書館では、高尾山付近の地図より先に、観光ガイドブックを見つけてしまった。この山が一大観光地だということを知って、泉水子はびっくりしてしまった。同じく修験道の修行場でも、紀伊《きい》山地の奥にひっそりとある泉水子の故郷とは大きく異なるのだ。

（……あ、山頂近くまで、ケーブルカーやリフトもある）

正直言ってほっとした泉水子だった。山の上に住んでいたくせに、本格登山をしたことがなかったのだ。トレッキングシューズをはいた経験もない。後ろめたいことだったが、玉倉神社へふもとから徒歩で登ったことさえ一度もなかった。

そういう意味では、山伏という人々も、泉水子には遠い存在なのだった。険しい峰をわたる修行を、みずからに課してこその山伏だったからだ。雪政であれば、高尾山程度は庭と思っているにちがいなかった。今でこそ、だれの目にもそうは見えないが、昔、小さな深行をつれていたころの雪政は、髪もひげも伸ばし放題で山籠《やまご》もりしていたことを、泉水子はうっすら憶《おぼ》えていた。

ガイドブックを読み進めると、高尾山は標高六百メートル弱の山で、薬王院《やくおういん》までの参道を歩けば、山歩きの装備がなくても二時間ほどで山頂まで行き着けるようだった。今度は交通アクセスを調べると、たしかに鳳城学園のすぐそこだった。学園前からバスで高尾駅へ行けば、高尾山口《たかおさんぐち》駅までひと駅で、これなら小学生でも行ける距離だ。

問題は、泉水子がさわった電子機器がたいてい壊れる現象で、以前、新宿駅の券売機も同じように故障したことだった。そのときは深行が切符を買ったことを思い出し、泉水子は急いで頭をふって記憶を追いはらった。電車に乗れなければ、タクシーに代えてもいいのだ。おこづかいは佐和にたくさんもらっていて、学校の購買では使いきれないくらいあった。

（……行ってみよう。難しいことじゃない）

ひとりで外出するのは、これが生涯初めてだった。だが、そのことを恥と思わなくてはいけないのだと、泉水子は思いなおした。今まで過保護にされていたことを、そろそろ認めなくてはならなかった。

土曜日の朝は、快晴と言えないまでも日射しがふりそそいでいた。

すでに梅雨入りの発表があったので、晴れているのはありがたいことだった。修学旅行は去年の今ごろだったことを思い出しながら、泉水子は白いキャスケットを被《かぶ》り、お気に入りのポーチを斜め掛けにして、ジーンズとスニーカーで出かけた。

タクシーを呼びつける度胸はなかったので、バス停でバスを待ったが、路線バスに乗るにも緊張することはした。料金箱へお金を入れるのはおっかなびっくりだった。だが、この程度の機械で故障は起きず、何ごともなく高尾駅で降り、駅からタクシーに乗りこむこともうまくいった。そして、思ったよりずっとスムーズに、周囲に迷惑もかけず、気がつけば山のふもとの飲食店やみやげ店の前に立っていた。

人通りはにぎやかだった。観光地の景観であり、歩く人の服装も態度も登山に来たとは思えない人が多い。だが、大勢が向かうせいで、泉水子も行き先をまちがえることはなかった。迷わずにすむと思うと、気負った肩の力が抜けて、少しずつ楽しく思えてきた。

ケーブルカーの乗り口を見かけた。参道をひたすら歩けばいいと考えていた泉水子だが、ふと、これほど楽に来られたのだから、もっと挑戦してみるべきだと思いなおした。引き返してケーブルカーの駅へ向かった。

きつい登山を知らないとはいえ、山歩きには慣れているので、坂だろうと歩くのは何時間でも挫《くじ》けなかった。泉水子にとっては、ケーブルカーに乗るほうが挑戦だった。乗りこむ人は多く、泉水子の目から見れば、ここも新宿駅の小型版なのだ。

（あんまり動転しなければ、大丈夫かもしれない。自信をもてば……）

ケーブルカーの乗車券売り場にも、窓口と券売機の両方があった。列に並ぶ人々を見て、少しどきどきしたが、券売機で買うことにした。

お下げ髪の少女が、どれほどの願いをこめてコインを投じたか、だれにも推測できなかったにちがいない。間髪を入れずに下方の口から乗車券が吐き出されると、大吉のみくじを引き当てたような気がした。

（やった……）

壁をひとつ越えたのだ。切符を手にして笑っているのも不自然なので、急いでその場を離れたが、今日はこれですべてが達成できた気さえした。

有頂天な思いでプラットホームへ行き、混んでいる車内も気にならなかった。都心の電車とは異なっているはずの、日本一の急勾配《きゅうこうばい》にも山深い景色にも注目しないまま、切符が買えたことだけをかみしめていたら、あっというまに終点に着いてしまった。ケーブルカーが発車してからは五分ほどの距離だったのだ。

駅を出ると、ここもふもとと同じように売店や歩く人が多かった。

道は幅広く舗装されており、山の上とは思えないくらい平坦《へいたん》だ。少しとまどいながら、人の流れにのって歩いていくと、参道わきには杉の大木が多かった。玉倉神社ほどの古木ではないが、高いこずえにただよう静けさまでは、観光客の足なみに乱されることがない。そこはさすがに低地とはちがっているのだった。

杉の木のいくつかには、幹に細いひっかき傷が一直線についている。ムササビが駆け登った爪あとだった。住んでいる生きものが多いことが予想できる。森と水の豊かな気配が伝わってくる。だが、それで泉水子が心落ち着くかといえば、そうでもなかった。やっぱり、初めて来た山にはちがいないのだった。

やがて、薬王院の伽藍《がらん》が見えてきた。山門を通って境内《けいだい》に入ると、並んで二体の天狗《てんぐ》の銅像が立っている。像の前で泉水子は足を止めた。天狗が山伏装束を着ていたからだ。ガイドブックで承知してはいたが、絵の中以外で天狗の全身像を目にするのは初めてだった。

梵天《ぼんてん》の房《ふさ》のついた結袈裟《ゆいげさ》を胸に掛け、かぶりものとしては小さな、中央の尖《とが》った頭巾《ときん》をつけ、鈴懸《すずかけ》と呼ぶ法衣《ほうえ》の帯を前で結んでいる。背中には肉厚で短めの鳥の翼がはえていた。一体はいかつい顔で鼻が高く、一体は鼻と口の部分が鳥のくちばし形になっている。

(山伏が、なりかわったものなんだろうか……)

装束を見つめていると、そうとしか思えなかった。天狗を見上げた泉水子は、顔の異様さも体形も異なるのに、鳥の翼をもっていると、なんとなく雪政に通じるふんいきがあると思った。

「ずいぶん早く来られたね。ケーブルカーで来たんだ」

天狗像が言ったのではなく、雪政が言ったのだった。いつのまにか、泉水子の隣に雪政が並んで立っていた。そう驚きはしなかったが、雪政がごくふつうに観光客に混じっていることに、なんだか感心することができた。

雪政は、必要がなければラフな服装を好む人で、大成《だいせい》をたずねて玉倉山へ来ていたころも、たいてい若者じみた恰好《かっこう》だった。この日も同様で、ふらりと訪れた大学生のようなワークシャツ、擦り切れたジーンズをはいている。先生にも見えないくらいに若い。

しかし、雪政がいっしょに立つと、泉水子には目もくれずに通り過ぎていた人々が、突然こちらに顔を向けはじめた。これはもう、どこにいようとしかたのないことかもしれなかった。

せいいっぱい胸をはることにして、泉水子は言った。

「わたし、ケーブルカーの切符が買えたんです」

「そう、よかったね。どう、高尾山へ登ってみて」

「なんだか、人が多すぎて……」

「都心から一番近い、自然の観光スポットだからね。けれども、同時に修験の山でもあるんだよ。今でも火行《かぎょう》・水行《すいぎょう》がおこなわれている。一般参加で滝に打たれる体験修行ができるくらいだ」

見晴らしのほうへ目をやってから、雪政は明るい声で続けた。

「昔から、ここは保護の手厚い場所だったんだ。時の領主が山の木を伐《き》らせなかった。戦国時代の前後も変わらずに保護されたところが、全国的にもめずらしいね。武将の信仰を集めたのが大きかったな。だから、都市の近くなのにこれほど手つかずの自然が残っている。富士山を信仰する、江戸の富士講の人々が、登山前に富士の姿を拝む場所でもあったそうだよ」

「富士山、見えるんですか？」

「今日はどうかな。参拝してから山頂まで登ってみよう」

薬王院は、正しく呼べば薬王院有喜寺《ゆうきじ》で、真言宗《しんごんしゅう》のお寺だった。泉水子は寺に来たことも初めてだった。お線香の匂いを知らないとまで言わないが、ものめずらしく思えた。

「南無《なむ》飯縄大権現《いづなだいごんげん》と唱えるんだよ。ご本尊は飯縄権現だ」

本堂で手を合わせた後、権現堂へ向かうときに教えられた。しかし、飯縄権現堂の石段を登ると、赤い鳥居が立っている。

「あの、鳥居がありますよね」

泉水子が口にすると、雪政がうなずいた。

「権現信仰は、神仏習合だよ。仏の化身が山々の神となったと考えられたんだ。明治維新の神仏分離令のあとで、まだ権現を祀《まつ》ることのできる場所は数少ない。全国どこでも神社は神社、寺は寺と、強制的に分けられてしまった。それ以前は、神社に神宮寺があったり、寺に護法の社があるのはよくあることだったけれどね」

泉水子は思い切って聞いてみた。

「飯縄権現は、長野の飯縄《いいづな》山からきているんですか？」

「うん、中世になって勧請《かんじょう》したものらしい。自分で調べたの？」

雪政は穏やかに聞き返し、泉水子はうなずくのをためらった。

「最初は、深行くんから聞いたんです。でも、そのあと、自分でも少し調べました。宗田《そうだ》さんと同室なのに、何も知らないのはいけない気がして」

雪政は、本題がわからないふりをする、むだな時間をつかわなかった。

「宗田真響、宗田真夏《まなつ》のきょうだいは、戸隠《とがくし》神社の祭司の家系だ。現在の神官とは別筋の、古い家柄のね。飯縄山は戸隠山の並びといっていい山だ。昔はどちらも修験道場としてさかんだったそうだよ」

　くちびるをかんでから泉水子は言った。

「わたし、見ました。二人が神霊を呼び出すところ」

「ほんものだったかい？」

「ほんものでした」

　握りしめた手が冷たくなったが、泉水子はさらにたずねた。

「わざとなんですか、わたしが真響さんと同室なのは。鳳城学園にこういう人がたくさんいるみたいなのは」

　雪政は、思いをめぐらせるようだった。

「そうだなあ。同室だったことは、案外たまたまの手配だったようだよ。けれども、学園に特殊な生徒が集められているというのは本当だ」

　泉水子は目を見はって次の言葉を待ったが、雪政はさりげなく言った。

「頂上まで登ってみよう。そこでゆっくり話すよ」

　奥の院をすぎると、急な階段の先は舗装がなく、山道らしい山道になった。だが、傾斜のきつい道ではなく、二十分ほどまじめに歩けば山頂に行き着いた。頂上は広く細長い公園地になっており、南西の端に鉄柵《てっさく》のついた大見晴台《おおみはらし》がある。

富士山は山並みの向こうに霞《かす》み、薄青い亡霊にしか見えなかった。だが、思い切り深呼吸のできる、眺めのいい場所だった。関東平野がこのあたりで終わり、大地にしわが寄って、緑濃い山々がせまるのが実感できる。学園は斜面に囲まれた土地にあるので、ひさびさに空の開けた見晴らしは心地よかった。

ただし、ここにも人は多かった。数十人が思い思いに景色を楽しみ、記念写真を撮り、笑いあっている。

(ここでは舞えない。わたしには……)

山々を見つめながら、なんとなく淋《さび》しい気持ちにおそわれた。泉水子の額の汗がひくのを待つあいだに、雪政はさっそく若い女性に声をかけられていた。

「あのう、記念写真いいですか」

「いいですよ」

雪政は気軽に返事をし、カメラのシャッターを押そうと手をさしだした。だが、彼女はカメラをわたさなかった。

「そうじゃないんです。いっしょに写ってください」

さすがは雪政なのだった。

二人づれの女性たちが、かわるがわる彼とともにカメラに収まると、さらに人が寄ってきた。だんだん収拾がつかなくなり、ふり切るためには見晴台を出るしかなかった。脇道へやってきて、ようやく泉水子はたずねることができた。

「何のために、わたしを鳳城学園へ入れたかったんです。相楽さんも、先生になってまでここにいるのはどうして？」

「ひとつの試みなんだよ。きみたちが学園に集められているのはね」

雪政の口調は軽かった。何でもない世間話のように言った。

「候補生と言っていいのかな。未来のために、きみたちの年代で、真に保護するべき人材を探す試みがあるんだよ。今までのように、一部の特殊団体が世間から隠しながら守っているというものではなく、公に、国家や世界人類規模で保護するプロジェクトだ。今はその準備段階で、言ってみれば人的世界遺産の認定のようなものだ」

泉水子は、考えようとしたが頭が回らなかった。

「意味が、よくわからないんですけど」

「つまりね、神霊と接することのできる人間は、今では絶滅危惧種《きぐしゅ》になっているということだよ。神霊が本当のところは何を意味するのか、いまだに正式な見解がないにしても、解明を待っていたのでは、おそらく途絶えてしまうものだろう。世界中に、あらゆる宗教的・非宗教的立場でそういう人物はいるが、やはり数は減っている」

切り立った岩はだとその上の草木を見上げて、雪政は続けた。

「山伏の知恵は、神霊がそこにいるという実感を、直接山々の生気にふれることで得ようとするものだよ。大地がもたらすものとの直接対話を、人間がまったくもてなくなったとき、われわれはおそらく地球環境から弾《はじ》きだされる。地球はめったなことで滅亡しないが、人類滅亡は本当にたやすいことなんだよ。地球がその気になりさえすればね」

彼はそれほど難しいことを言ってはいないと、泉水子は考えた。たぶん、わからないことを言っているわけではないのだ。ただ、泉水子には、まだ実感のわくものごとではなかった。いっしょうけんめい自分に引きよせて考えようとしたが、半分当惑した、あいまいな気持ちでつながりをつけただけだった。

「……でも、わたしには、姫神と対話できません。コントロールもできないし」

「そうだね、泉水子はそういうものだ」

「山伏と神降ろしの巫女《みこ》はペアなんですか？　つまり、別の人がわたしをコントロールすることになると」

雪政は、まばたきしてから笑い声をたてた。

「おや、けっこういろいろ学んでいるね。たしかに、鳳城学園に入ることには効能があるみたいだな」

「相楽さんが来たのは、そういうことなんですか？」

「これはまた、思ったより信用がなかったんだね」

雪政は心外だという口ぶりになったが、それもおどけたものであって、真剣に言っているようには聞こえなかった。

「傷つくなあ、ちゃんと騎士だと申し出たのに」

「でも、そうなんでしょう?」

泉水子が念をおすと、雪政は今度はあっさり言った。

「神降ろしの巫女は、神を降ろしてこそだよ。泉水子がそれを言うのは、今は早いだろう。きみは学園でまだ何をしたわけでもない。きみのような子が、故郷の霊山を離れて、能力をそのまま発揮できるかどうかは賭《か》けなんだ。それができて初めて、日本という国土で平均して通用する力だと認められることになるんだが」

泉水子は声をかたくした。

「別に認められなくていいです。わたし、高柳《たかやなぎ》くんや宗田さんたちのような使い手になれるとは思いません」

「思わないなら、そうはならないだろうね、きっと」

雪政はあしらうように言った。

「きみは、われわれ山伏の秘蔵っ子だったし、今でもそうだよ。たとえ泉水子がここで何も起こさないということになっても、そのことは変わらない。大成も私も、きみを世間の風にさらしてはたしてよかったかどうかは、いまだに迷いがあるくらいだ。じつはね、鳳城学園は半官半民で政府援助があるぶん、いくぶん組織が体制寄りなんだよ。純粋な山伏は、千年以上の歴史の中で一度も支配者に仕えず、仕えるくらいなら闇に隠れたが、長い年月の中には別の系統もある。陰陽師《おんみょうじ》の系統や、忍者の里の系統のように」

はっとして泉水子はたずねた。

「真響さん真夏くんも、わたしたちとは別の系統なの？」

「忍者が意味するところを学んでごらん。時の権力者に仕えてこそのものだから。まあ、そういうことで、あちこちのつぶしあいのような、あまりめんどうなことが起こらないよう、わたしが来たというわけだよ。おもに教員側の問題処理だが」

対立ならもう起こってしまった後だと、泉水子は考えた。雪政はにっこりした。

「環境にストレスがありすぎず、公平を期することができていれば、わたしはすぐにも退散するよ。非常勤講師だから、それほど拘束されてはいないんだ」

泉水子はしばらく黙っていたが、沈んだ口調で言った。

「相楽さん、どうして深行くんと仲が悪いんです」

環境のストレスといえば、二人の不仲が一番だと考えたためだった。雪政はその質問を予期しなかったと見えたが、だからといってあわてもしなかった。

「どうしてと言われてもね。今まで息子としてかまってやらなかったから、しかたないんじゃないかな。男手ひとつで男の子を大きくするのは難しいよ。きらわれたくはないんだけどね」

（きらわれたくないなら、深行くんが一番いやがることを言わなければいいのに……）

泉水子は思ったが、口にするのはやめておいた。

「深行くんって、強制されるとがまんできないんだと思います」

「泉水子に関することなら、もう何一つ強制していないよ。一生付き従わせると言ったのは、今では言葉のあやで、そのことは深行にも言いわたしてある。あいつのしたいようにしていいし、高校も選ぶにまかせると言ったのに、鳳城学園へ来たのは本人の選択なんだから、腹を立てるほうがおかしい」

泉水子も認めた。言われてみればそのとおりだった。

「でも……相楽さん、小姓《ペイジ》って」

雪政は鼻で笑った。

「ジョークのひとつくらい、受け流せないのが青いんだよ。背丈ばっかり伸びてもね」

思わずため息がでた。深行には強制されたものはなく、義理も義務もないのだ。それなのに、泉水子とのあいだに傷だけが残り、取り消しても消えないのだった。

茶屋で雪政にお茶のペットボトルを買ってもらったが、食べるものはことわった。そういう気分になれなかったのだ。ふもとまで下りての帰り道、雪政は学園まで送ろうと申し出たが、泉水子はこれもことわった。券売機で切符が買えるようになったのだから、今度は電車で帰ってみるつもりだった。

「わたし、もっとひとりで出歩けるようにならないといけないんです。訓練ですから」

宣言する泉水子を見て、雪政は吹き出した。

「まあ、いいけど。そこまで言うなら送らないことにするよ。よく気をつけて、変な人に声をかけられないようにね」

声をかけられるのは雪政のほうだろうと、泉水子は本気で考えた。

二

「あっ、いたいた。おーい、シンコウ」

食堂で、昼食のトレイを手にした真夏が、まだ皿を選んでいる男子生徒に声をかけていた。

「ほら、シンコウってば。呼んでんだよ」

真夏につっつかれてふり向いたのは、深行だった。深行もびっくりした顔をしていた。

「おれ?」

「ピンポン」

「シンコウってなんだよ」

「この前、ミユキって呼んだらすっごく怒ったじゃん。だから、音読みしたの」

真夏は得意げな笑顔だった。そして、持っていたトレイで真響や泉水子のいるテーブルのほうを指し示した。

「いっしょにめし食おうぜ。こっち」

深行はちらりと見やったが、あたりさわりのない笑顔になって言った。

「わるい、先輩とちょっと打ち合わせがあるんだ。今度な」

深行はそそくさと離れていき、真夏だけが二人の待つテーブルへやってきた。

「ちぇっ、またふられたー」

トレイを置きながら言ったが、深行のすげない態度にもかかわらず、めげている様子ではなかった。真響がまじまじとそんな弟を見やった。

「相楽になついたの？　あいつのどこがよかったの？」

「びびらないとこ」

真夏は元気よく答えた。

「真澄《ますみ》にびびらないやつって、うれしいじゃん。いいやつだなあって思ってさ」

「そうだったの？」

真響はふり向いて泉水子にたずねた。泉水子は首をかしげた。正直なところ、その最中は自分も真澄から目が離せなかったので、深行の反応までうかがっていなかったのだ。

腰をおろした真夏は泉水子に笑いかけた。

「泉水子ちゃんも、怖がりなくせに、真澄のことは平気だったね。気づくんだよ、真澄もそういうことは」

それから真夏は食べはじめ、食べはじめると他のことは耳に入らなくなるので、真響は声もひそめずに言った。

「けっこうめずらしいのよ、真夏が他人になつくのは。泉水子ちゃんはまだわかるとしても、相楽のようなタイプになつくのはめずらしすぎる。相楽って、動物に好かれる人には見えないのに」

「真響さん、その言い方、真夏くんが動物ってことに」

泉水子は控えめに指摘したが、真響は大まじめに首をふった。

「ううん、真夏が共感するのは、私たちより犬とか馬とかのほうに近いと思う。ずっとそうだったのよ」

泉水子は目をふせた。真夏がどれほど深行に好感をもっても、泉水子が宗田きょうだいといっしょにいる限り、深行はけっして同じテーブルに座らないだろう。自分が元凶だということはよくわかっていた。

ひと口ふた口食べてから、ふいに真響がたずねた。

「泉水子ちゃん、相楽とけんかでもした？」

急いで表情をつくろった。けんかという言葉でくくれない事情の複雑さを、真響に説明したいとは思わなかったのだ。説明することで苦痛なのは泉水子のほうだった。なにげない声を出そうと努めた。

「ううん、そんなことない。はじめから、けんかするほど仲よくないし」

「そうなの。それならいい」

　真響はあいかわらず、深くつっこみはしなかった。

「でも、思いのほか、ちょっと見なおしちゃうね。相楽のことは」

　彼女はどこまで知っているのだろうと、思わず泉水子は考えた。土曜日に泉水子が外出したことを、同室の彼女は承知していたが、何もたずねようとしなかったのだ。

（……どんなに仲よくなっても、わたしたちには隔てがある。相楽さんが言ったことを思い合わせると、ますますそう思えてくる……どこまでいっても、お互い、すべてを打ち明けることにはならないのかもしれない）

　どこまでを分かち合えば、その人を友だちと呼べるのだろうと、泉水子は考えこんだ。たぶん、だれだって、洗いざらいをさらけだしてなどいないはずだ。隠し事がひとつもない間柄でないと、友人になれないなどということはないはずだ。

　それでも、ひとつうまくいかないことがあると、どれもこれもあやふやに思えてくるものだった。泉水子はまだ、兼ねあいがわかるほど、だれかと深くつきあった経験をもっていないのだ。

（……友だちと呼んでもらえなかったとしても、わたしは真響さんも真夏くんも好きだ。だから、いっしょにいたい。打ち明けられないことの他の部分では、いっしょに笑っていたい……だめだと言われる、そのときまでは）

生徒会役員選挙が行われるころには、高柳一条《いちじょう》が一年から立候補するうわさがあったことは、だれもが忘れ去ったようになっていた。

高柳自身が、期間中に立候補届を出すことなく終わったせいもある。もともと言明したわけではないので、彼は、最初から生徒会などに興味はなかったという顔をしているらしかった。もちろん、占いサイトの話題はどこからもわいてこなかった。

真澄になぐられた翌日は授業を休んだが、高柳は案外元気で、うわべには変わりなく学校生活を続けていた。それでも、小坂信之《こさかのぶゆき》は急に転校したことになったし、泉水子の見るところ、新しい式神が登場することはなかった。それどころか、校内で式神らしきものに出くわすことがずいぶん少なくなっている。

小坂がいなくなって、空いていた高柳の同室には、突然ドイツ人の留学生が入ることになった。スポーツ留学生かと思うような、大柄でたくましい金髪碧眼《へきがん》の生徒で、彼が編入したのも急な話だったらしい。だが、泉水子がしっかり見すえても変わることのない、正真正銘の留学生だった。

　真響《まゆら》が言うには、A組にこのクラウスが来てから、高柳の態度はおとなしくなったそうだ。まじめに文化交流をして、つきっきりでルームメイトに範を示しているらしい。当分はよからぬことを企てるひまがなさそうだった。

（もしかしたら、相楽さん、このために学園に来たのでは……）

　泉水子はこっそり考え、ありそうなことだと思った。生徒に紛れこんだ式神が減っているのも、雪政が手を回しているとすればうなずけるものだった。校舎内が、どんどん明るくなっているように思える。

　ともあれ、対立候補がひとりも出ず、如月《きさらぎ》・ジーン・仄香《ほのか》の信任投票だけで選挙が終わるとなれば、生徒会役員選挙も一般には盛り上がりに欠けていた。穏当だが退屈に投票が行われ、あっさりと新生徒会長が決まった。

　高等部の生徒会は、選挙で会長を選び出すと、副会長以下の役職は会長の権限で抜擢《ばってき》できるものらしい。ひとくくりに生徒会執行部として、勧誘または自主的に集まった生徒で運営されている。学園祭実行委員は各クラス代表が出てくるが、ふだんの執行部は、基本的に同好会のような集まりだった。

　宗田真響が加わったせいで、新執行部は盛況だった。去年の実務担当者はほとんど今年も残ったし、さらに一年ばかりか二年からも数名が自主参加している。急に男子生徒の比率が高くなったので、目当ては見え見えだった。もっとも、遊びではできないことなので、生徒会室が手狭になるほど殺到したわけではなかった。

真響は、やると決めたらとことんやる性分らしく、最初はそれほど気が進まない様子だったのに、いざとなったら実務に打ちこみをみせた。毎日生徒会室にかよい、予算計上やイベントの企画立案にも参加している。彼女に引きずられる形で、いつのまにやら泉水子も、ときどき執行部に出入りするようになっていた。あいかわらずパソコンはできないが、真響に上手に使われてしまうのだ。

もちろん、深行は真響よりさらに生徒会室に腰をすえていた。他に顔ぶれが増えても、彼の場合どこか別格なのは、ちらりと目にするだけの泉水子にも見てとれた。すでに、去年の執行部メンバーと並んで遜色《そんしょく》ないのだ。

深行が、上級生にひじょうに受けのよい人物だということを、あらためて知る思いだった。特に無理をしなくても、ほどほどにわきまえがあり、ほどほどに人なつこくなれるのだ。玉倉神社の野々村《ののむら》が見込んで古武道を教え、いまだに深行《みゆき》と連絡をとりあっているのも、それほど理解に苦しむことではなかったのかもしれない。

(あんなに、二面性あるくせに……)

悔しい気もしたが、泉水子とは比べものにならないくらい、社会性をもっているのが深行だった。泉水子の立場でけなしても、だれも耳をかしてくれないだろうと思えた。それどころか、へたをすると、自分自身も深行にうとまれるのが正当に思えるようになり、もっと傷ついてしまいそうだった。

その日、泉水子が真響にたのまれたプリントを生徒会室へ届けに行くと、中で小さな笑い声が聞こえた。最近の生徒会室は、いつ見ても四、五人は生徒が居すわってさわいでいるのだが、めずらしく人が少ないようだった。ひょいとのぞくと、そこにいたのは真響と深行の二人だけだった。

泉水子は思わず戸口で立ち止まった。

深行が操作するパソコンを、わきに立ってのぞきこんだ真響が声を殺して笑っている。小さな電子音の音楽も鳴っていて、これはどう見ても生徒会の仕事ではなかった。

執行部一年ではもっとも有能な二人だが、だれも見ていないところでさぼらないとは限らないのだ。深行が笑いながら何か言い、真響も再び笑い出した。同じ仕事に従事することになって、彼らが以前よりよく話すようになったのは泉水子も知っていたが、これほどくつろいで親しくしているところを見るのは初めてだった。

修験や神霊といったものとは一切つながらない、一高校生の日常に見えた。くったくなく笑う真響が遠いものに見え、泉水子は、自分がそこに加わって笑えないことに気がついた。

（何してるの、って聞けない……真響さんだというのに）

彼らが気づく前に、そっと立ち去ろうかとも考えた。泉水子が割り込むことで、深行が豹変《ひょうへん》するのを見たくなかったからだ。いつもは執行部の先輩が何人かいて、そういう場所で個人をろこつに避ける深行ではなかったが、これではわからなかった。

だが、足が動かないうちに、真響が戸口に気づいてしまった。

「泉水子ちゃん、来て来て。ケッサクだから」

真響は何の含みもない様子で、無邪気に手まねきした。深行も気づいてふり向いた。泉水子は一瞬顔をこわばらせたが、深行の側には変化がなかった。ほほえんだままこちらを見やって、入って行けない泉水子にたずねさえした。

「どうかしたの？」

そのとき、泉水子はふいにさとった。豹変して深行が部屋を出ていくなら、そのほうがましだったのだ。何ごともなかった笑顔を向けられるほうが痛烈だった。和解しての笑みではないことが、泉水子にはわかっているからだ。それはよそゆきの顔、二度と泉水子に踏みこませないためのシャットアウトの笑顔だった。

「……わたし、これを置きにきただけだから」

ようやくのことで真響に言い、プリントをわたして、泉水子は逃げるように生徒会室を後にした。

気がつくと、馬場まで来ていた。

気持ちが落ちこむと、足が自然にこちらへ向かってしまう自分に、泉水子は今さらに気づいた。柵《さく》の中では馬術部が活動しており、三頭の馬が軽快に巡っている。だが、真夏の姿は見当たらなかった。あいかわらず廏舎《きゅうしゃ》の中にいるのだろう。

馬房の馬が運動しているあいだに、そうじして敷きわらを替えるという、だれも喜ばない作業を、真夏は一番よくやっていた。新入りだから押しつけられるのではなく、自分で買ってでるらしい。

馬のブラッシングもよくやっていた。運動を終えた馬の汗をぬぐい、ブラシの種類をいくつも替えて、頭から脚先までくまなく梳《す》いてやるのだ。最後には、ひづめの裏にこびりついた泥をヘラでかきとってやっていた。

今も、真夏はブラシかけにはげんでいた。ときどき見に来ていたので、泉水子もその手順を憶《おぼ》えてしまった。手を出したことは一度もなかったが、馬が手入れされているのを見るのは心地よかった。泉水子がひっそり見ているのを知っても、真夏はほとんど気にとめない。会話しなくていいことを承知していたのだ。

しかし、どういうわけか、この日の真夏は手を止めてふり向いた。

「どうかしたの？」

深行が言ったことと同じなので、泉水子は思わずおかしくなった。それからため息をついた。同じ問いがこうもちがって聞こえると考えたのだ。

「真夏くん。真夏くんは……もしも、真響さんにすごく親しい人ができたら、さびしいだろうと思うことある？」

「えぇー、ないだろそれは」

予想したとおりだが、真夏はかるく一蹴《いっしゅう》した。

「真響の好きな人なら、おれの好きな人だよ。決まってるじゃん」

「ぜったい、ちがわない？」

「ちがっていたら、真響に合わせるよ。あいつのほうが人間にくわしい」

（そばで見る限り、真響さんのほうが合わせている気がするんだけどな……）

泉水子がこっそり考えていると、真夏は少し思いなおした。

「……本当は、真響のことは、あんまりわからないかもな。あいつ、女だから。真澄とおれは一卵性だったけれど、あいつはちがう。おれには、真響と真澄がいればそれだけでいいけれど、真響の場合はちがうかもな」

馬が鼻を鳴らし、手を止めた真夏をとがめるように身じろぎしたので、真夏は再びブラシをかけはじめた。

「真響って、きらいなやつには突っかかるだろ。女なのに、おれより戦闘的ってどういうことよと思うけど、あいつのおかげでおれも退屈しない。真澄もきっとそう考えているはずだよ。とにかく、真響が喜べばおれたちはそれでいいんだ」

泉水子は黙った。これ以上何か言うと、真響がうらやましくなり、ねたんでしまいそうなのが怖かったからだった。

いつもなら、廏舎に来れば気がすんで引き返すのだが、泉水子はまだ校舎にもどりたくなかった。ふらっと反対方向へ歩いていった。

坂が急に険しくなり、茂った木立に入っていく。このあたりへ来ると、キャンパス内といえども生徒の姿を見かけなかった。敷地の広さを実感する。

林間のセミナーハウスは、以前に一度来たことがあった。自然観察授業があったのだ。だが、用もなくここまで歩いたのは初めてだった。その先はめったに人が通らないようで、雑草の伸びた細道しかない。泉水子は、丘の肩まで登ってみようと思いついた。上に立ってどんな眺めが得られるのか、見てくるのもいいだろうと思ったのだ。

林の木々は青々と広げた葉でアーチ状に頭上を覆い、空はよく見えない。おかげで、天候の変化にすぐ気づかなかった。葉を打つかすかな音が林全体に響きはじめ、雨が降り出したことをさとった。

(なんだか全部、ついてない……)

引き返すしかなかった。セミナーハウスの前までもどったころには、地面もすっかりぬれて本降りになっていた。

小止みになるまで待とうと、庇《ひさし》の下に立っていると、内部からかすかに音楽が聞こえてくる。あれっと思い、玄関扉のノブに手をかけてみたが、鍵《かぎ》はたしかに閉まっていた。中に入れるとは期待しなかったが、聞こえる音楽が不思議だった。

(なんだか、古典鑑賞で聞くような音楽だな。謡《うたい》のような……)

ロッジ風のセミナーハウスに似合う音楽とはとても言えない。しかし、扉のガラスに近づいてようやく聞こえる程度なので、それらしいと思うだけだった。しばらく耳をすましていると、思ったより早くあたりが明るくなってきた。林に射しこむ西日に気づいた泉水子は、急に胸をおどらせた。

(あ、天気雨だ……狐の嫁入り)

祖父の竹臣は、天気雨が降るたびに「狐の嫁入りがある」と言っていた。泉水子は、まだぱらぱらと降っている雨の中に飛び出した。ぬれた青葉が輝いて、ふちが金色にきらめいている。草の露がそこここでダイヤモンドのように日光を反射する。

靴も制服もぬれたが、泉水子は息せききって上り道を急いだ。天気雨が降ったときには、急いで空が見えるところまで行かねばならないのだ。

ようやく木立を通り抜けた。ふり仰いだ空は、雲の切れ間にある太陽の逆方向——灰色の東の空で、うれしいことに、見えるところにちょうど直立するような虹《にじ》が浮かんでいた。どんな画材でも、どんなフィルムでも再現できない、直視でしかわからない七色だ。とどめるには清らかすぎて、消える前から消えることがわかっている美しい色。

すっと声が出たのは、謡に似た音楽が耳に残っていたせいかもしれなかった。いつか見た夢のように、泉水子はその場で歌っていた。

からのを　塩に焼き
しがあまり　琴につくり
かき弾くや
ゆらのとのわたりの　となかのいくりに
ふれたつ　なづの木の
さやさや

歌い終えると、胸のつかえが落ちたようにすっきりした気分になっていた。

思い切り歌えたことがうれしかった。東京の学園に来てから初めて、縮こまるのをやめて自分を外に出せたような気がした。虹の七色の応答があったおかげだ。

(……他人に何かを期待しなくても、ひとりで気を取りなおすことくらいできる。すべて、わたしが自分でどうにかすることだった。どうしてくよくよすることしか知らなかったんだろう。わたしはもともと、お山でひとりで遊べたのに。虹を見たり、星を見たりして、それだけで楽しくなることができたはずなのに)

何か今まで、ひどく基調が狂っていたとしか思えなかった。人と人の関係に悩むより先に、やっておくべきことがあったのに、泉水子は今日までとうとう気づかなかったのだ。

(自分自身の声を聞こう……だれがどう思っているかと、そればかりを気にせずに)

雪政の考えは雪政のものであり、深行の考えは深行のものだった。真響にだって同じことが言える。他の人間の思惑に振りまわされてばかりではなく、それらとは別に、結局はひとりだということをふまえて、自分は何がしたいのかを考えていいのだと、泉水子は静かにかみしめた。


翌週のことだった。

選択授業を終えた泉水子が、真響に少し遅れて廊下を歩いている最中、ふいにやさしい声で呼び止められた。

「鈴原《すずはら》さん」

ふり返った瞬間、小柄な男子と見えてびっくりしたが、よく見ると生徒会長だった。如月・ジーン・仄香はどんなときも声高にならず、小声でしとやかに話す。それなのに男子の制服を着ているので、独特の違和感があった。

「会長……」

泉水子はあわてて、先へ行ってしまう真響を呼ぼうとした。だが、仄香はその泉水子を押しとどめた。

「いいの、宗田さんでなく、あなたに話したいから」

「わたしですか？」

泉水子が立ち止まったのを知らずに、真響は他の生徒とともに遠ざかる。仄香が見送る様子なので、泉水子としては身がすくむ思いだった。真響には聞かせられない苦情を言われるとしか考えられなかった。

（辞めろと言われるのかな。執行部では役に立たないと……）

たいした仕事はできないし、ずいぶん中途半端に生徒会にかかわっているのはたしかだった。真響以外のメンバーに、一員と認められているかどうかすらあやしい。

泉水子を見返して、生徒会長は口もとに笑みを浮かべた。間近に向き合うと、仄香は透けるような肌をして、眉《まゆ》もまつげも焦げ茶色だ。ショートカットの明るい髪が染めた色ではないことがはっきりわかる。

「そんなにかたくならないで。執行部の話じゃないから。鈴原さん、この前の夕立の日に、セミナーハウスのあたりにいたでしょう」

泉水子は思わずまばたきした。

「どうしてそれを」

「セミナーハウスの中にいたの、私だったから。ごめんね、鍵をかけていて」

仄香は静かな口調で言った。

「坂を下りてきたのを見かけたけど、こちらが声をかけようとしたときには、鈴原さん、走って行ってしまったの。ずいぶんぬれたでしょう」

「そんなことないです。雨、すぐに上がったし」

「こんなところにいる人はだれだろうって、ちょっとびっくりした。それがあなただったことにも」

泉水子が目を上げると、仄香の顔には、ほんのわずかにおもしろがる色がある。だが、あまり感情を表すタイプではないので、何を思うかよくわからなかった。

「鈴原さんって、どこへ行くにも宗田真響さんといっしょなのかと思っていた」

「はあ……そういうわけでは」

言われてもしかたないという思いは、泉水子にもあった。だれの目にも、いつも真響につき従っている女の子と映っているのだろう。相手が真響である限り、その逆には、さか立ちしてもなれるものではなかった。

しかし、生徒会長があそこにいたとは、なかなか意外なことに思えた。あの日生徒会室ががらんとしていたのは、そのせいだったのだろうか。

「あんな時間に、セミナーハウスで何があったんですか?」

「私、お稽古《けいこ》していたの」

仄香の言葉に、泉水子も急に思い出した。彼女は文化祭で踊ったと、以前真響が話していたことがある。

「日舞のお稽古ですか？」

ふちの灰色がかった瞳《ひとみ》で泉水子を見つめ、仄香はうなずいた。

「鈴原さん、日舞には興味ない？」

「わたしなんか、とても」

冗談に聞こえて泉水子は手をふった。神社で暮らしたぶん、古式に慣れて育っているとはいえ、芸ごとには縁がなかった。日舞を見たのもテレビだけだ。

「少し知っているのは、お神楽《かぐら》ぐらいで。それも習ったとは言えないし」

「お神楽で十分よ」

仄香はまじめな顔で言った。

「きっと場ちがいじゃないと思う。通じる素養をもっている。あなたって、踊りに向く人じゃないかな」

不思議に思って泉水子はたずねた。

「どうしてわたしに、そんなことを言うんです」

「お師匠さんがそう言ったから」

「お師匠さん？」

「私にお稽古をつけてくれる人」

泉水子はきょとんとして説明を待ったが、仄香はぜんぶを言う気にならないようだった。いったん口をつぐんでから、なぞめかすようにつけ加えた。

「セミナーハウスで踊りの稽古をしていることは、ほとんどだれも知らないの。お師匠さんが、だれにでも教える人ではないから……学園へもたまにしか来ないし。でも、私はときどき見てもらえるの。こっそりとね」

「秘密なんですか」

泉水子の口調が、そうとうあやしんで聞こえたらしく、仄香はかすかに笑った。

「秘密ってほどじゃなく、知っている人は知っているけど、有名人すぎて、だれもかれもに会うわけにいかないのよ。その人が、鈴原さんをつれてきてもいいよって、言ってくれたわけ。今のところ、学園内のお弟子は私ひとりだけど、一年生を呼ぶとしたらあなただろうって」

「どうしてわたしなんか」

やっぱりわからなかった。見込まれる何かがあったとはとうてい思えないのだ。

「あの日、たまたまセミナーハウスまで行ったのは、本当に偶然で、中のことが知りたかったわけじゃないんです。そういうことも何も知らなくて……」

「そうだと思う。でもね、私がこう言っているのは、私も呼ぶなら鈴原さんにしようと思うからよ。人を見る目は私にだってある」

灰香が意外にきっぱり言ったので、泉水子は驚いて見つめた。執行部で少しは顔を合わせているとはいえ、これまで泉水子は、彼女と話したことがいくらもなかったのだ。

「鈴原さん、私と似たところがあるって思えるから」

「如月さんと？」

「踊りに向く人と向かない人がいるの。踊りは身ぶりの表現だから、身ぶりにこめるものを内側に持っている人でないとならない。でも、こめられるものをたくさん持っているのに、かぶった殻が厚いばかりに、なかなかそれが破れない人がいる」

少し困惑しながらも、泉水子は、それほど自分とは関係ないと言えないような気がしてきた。かすかな声でたずねた。

「……如月さん、そうだったんですか？」

「お師匠さんに会うまでは」

灰香は言い、きれいな表情でうなずいた。

「私が生徒会長なんかになっているの、昔の私を知っている人ならびっくりするよ。今だって、神崎さんみたいな才女になれるわけじゃないけれど、私は私のやり方で通していいと思っているし」

たしかに仄香は、ばりばりのリーダーシップをとる生徒会長には見えなかった。けれども、穏やかで動じず、何かと協力を申し出る人材が集まる人に見えた。泉水子が感心していると、ほほえんだ仄香は言った。

「見るだけでもいいから、私のお稽古に来てみない？　執行部とはまたちがった世界があるってわかるから。あなたなら、きっとそちらのほうが自分を発揮できるという気がする」

「見学だけで、本当にいいなら……」

心を動かされたことがわかる返事になってしまった。けれども、実際、ことわり切れないものを感じていた。こんな形で如月会長と親しくするとは、泉水子には思ってもみないことだった。どんなことであれ、目をかけてくれたことがうれしかった。

「それなら、このこと、当面は宗田《そうだ》さんにもないしょにしてくれる？　時機が来たら言うつもりだけど、なりたての生徒会長としては、あまり知られたくないわけ。鈴原さんを別件に誘ったこともね」

泉水子はうなずいた。真響に言わないことが後ろめたいとは考えなかった。今の泉水子は、放課後に生徒会室に行かずにすむものなら、むしろほっとする思いがしたのだ。

仄香は、金曜日の午後四時にセミナーハウスでと言いおいて、すばやく廊下を去っていった。ふってわいた誘いに驚きながらも、泉水子は期待する気持ちになっていた。

（……これをチャンスだと考えよう。向くか向かないかは、行って確かめればいいんだから。わたしにも、もっと自分を生かせる場所があるのかもしれない）

午後四時というのは、たいてい部活動の真っ最中だった。ぶらぶらしている生徒の少ない時間帯だ。キャンパスを横切った泉水子は、見とがめられることなくセミナーハウスへの坂を登った。

お師匠さんとはどういう人物なのかと、何日も考えてみたが、結局は予想できないままだった。かすかに不審な思いがしたが、灰香が尊敬をこめて語っているのはわかったので、人間離れしていることはあるまいと思った。セミナーハウスのまわりには人けがないが、木立の中の快い静けさであり、気味の悪い気配などは感じない。初めてのことに対するいつもの緊張はあったが、悪い予感はしなかった。

扉に手をかけると、たしかに今回は鍵《かぎ》がかかっていなかった。泉水子はそっと玄関に入り、そなえつけのスリッパにはきかえた。

はきものから顔を上げて、最初に目に入ったのは、薄暗いロビーにたたずむ日本髪の少女だった。かすかな光でもあでやかとわかる振り袖《そで》を着ている。自分の目を疑ったが、すんでのところで灰香だと気がついた。

「あれっ、会長……ですよね」

赤くぬったくちびるがうふふと笑った。

「見ちがえた？」

「当たり前ですよ、びっくりした」

「ユーレイだと思った？」

笑いながら仄香は明かりのスイッチを押した。

電灯に照らされても、別人に見えるのは変わらなかった。黒髪がかつらとわかった後でも、目を見はるような変身だ。化粧のせいか、目の色さえもが濃く見え、ハーフの顔立ちが見てとれなくなっている。

水色地に大輪の花を描いた友禅は色鮮やかで、帯の青紫、襟や袖のかさねのひわ色が美しかった。こういう晴れ着の華やかさも泉水子には縁のなかったもので、間近で見て感心した。

「きれいですね。それに、似合いますね」

「今日は、気合を入れたから」

うれしそうに仄香は言った。かすかにはしゃいでいるところも、ふだんの彼女とちがっていた。日本人形の姿をした仄香は、いつもよりずっとテンションが高かった。

「お師匠さん、待ってらっしゃるから。さあ、来て、あなたを紹介する」

すべるように歩いてホールへ向かう仄香に、泉水子はいくぶんかたくなって続いた。仄香のちがいにとまどうが、それも、お師匠さんと呼ぶ人物が奥にいるせいだと、なんとなく察せられるものはあった。

セミナーハウスのホールは、教室程度の広さだった。入ってみると、授業を受けたときの長机は片づけられ、板張りの床が大きく空いていた。正面の壁が全面鏡になっている。前にはなかったはずなので、引き戸で操作できるものらしかった。

入り口側に、壁に寄せて一列、折りたたみ椅子が置いてあり、そこに和服姿の人物が腰かけていた。髪は長く、後ろでゆるく一つに束ねている。

「穂高先輩、こちらが前にお話しした鈴原泉水子さんです」

(先輩……？)

長髪だが、この人物は男性だった。着物は、青みがかった緑地の柄のない男物だ。黒っぽい細帯をしめ、着方にも座り方にも不自然なところがなく、ふだんから着慣れた人にちがいなかった。色味を抑えた着流しが目になじんで見える。

泉水子は大成や竹臣を見慣れているので、ふだんに着物を着る男性がいようと、変だとは思わなかった。それでも、中年以上の男性にふさわしいという先入観がいくらかあって、先輩と呼ぶことには違和感があった。

派手さの少ない、細おもてのすっきりした顔立ちで、落ち着いた温かみのある目をしている。輪郭がやさしげなので、長い髪もよく映えていた。この人物はいくつなのだろうと、泉水子はこっそり考えずにいられなかった。

相楽雪政が二十代の若者に見えるのは、恰好《かっこう》も気質も若者風で、納まりかえった態度をどこにも見せないからだ。雪政の例があるため、泉水子は見た目で若さを推測することをやめていた。だが、目の前の穂高先輩は、浮き世ばなれした恰好で老成したふんいきをもつものの、顔を見ればいかにも若い。肌がきれいで生気をおび、少なくとも大成の年齢ではあり得なかった。

「ああ、鈴原さんね。こんにちは」

声は意外によく響き、張りがあった。何かびっくりする思いで、芸能をする人の発声だと思った。あいさつに頭を下げたとき、ようやく気がついた。泉水子はこの着物の人物の前で、はにかまずにすんでいる。相手が若い男の場合、初対面ではたいてい固まってしまう泉水子なのだが、何がそうさせるのか、彼はそういう次元にいなかった。

泉水子が顔を上げると、仄香がおもむろに言った。

「鈴原さん、穂高先輩はね、梨園の人なの」

相手が困ったのを見てとり、仄香は急いで言葉を続けた。

「梨園って言い方知らなかった？　歌舞伎役者のお家柄だってこと」

「歌舞伎」

おうむ返しに言ってから、泉水子はあわてた。

「あっ、歌舞伎は知っています。中学の古典鑑賞で見たことあります」

穂高は小さく笑った。

「ふつうはそんなものだよ。伝統芸能は、何かきっかけがないとかかわりづらい。家族に好きな人がいるとか、演じる劇場が近くにあるとか」

「すみません、うち、山奥だったので……」

「穂高先輩は、三歳から歌舞伎の舞台に立っているのよ」

仄香《ほのか》は強調したい様子だった。

「今年もずっと演目があって、一年の半分は舞台だから、なかなか鳳城までは来てくださらないの。それでも私たち学生にとっては、先輩がこの学園の生徒だというのは名誉なことだけど」

「仄香は踊りの弟子だから、そう言うけどね」

穂高がやんわりさえぎった。

「出席日数が足りないから、ダブったというだけだよ。名誉なことじゃない。見習わないようにね」

（なんだか聞いたことがある……）

ふと泉水子は首をかしげ、それは深行の言っていたことだと思い出した。

（うわさがあると言っていた……本当の生徒会長は、去年と変わっていないという話。生徒会にはバックアップがあるって……）

口ごもりながら、穂高にたずねてみた。

「あのう、先輩。ひょっとして先輩は、鳳城の初代生徒会長だったのでは」

「ああ、うん。なりゆきでね」

別に動じる様子もなく、彼は答えた。

「あのころだって、たいして授業に出られたわけじゃないけれどね」

質問が的を射てから、泉水子はようやく思い当たった。つまり彼は、現在三年生をやりなおしている年齢——十八歳か、誕生日が早くても十九になったところなのだ。ひそかにもう一度、印象を下方修正するはめになった。若いと感じた時点でも、二十代だと思っていたからだ。

「灰香、時間も少ないから稽古《けいこ》を続けるよ。鈴原さんに見てもらうつもりなら、一度最初から通してごらん」

穂高はふいに態度を切り替え、師匠らしくなった。いすの上にあったリモコンを手にとる。灰香がうなずいて中央に進み出ると、隅のスピーカーから音楽が流れだした。

三

　いくつもの三味線の音色が響き、男声の謡《うたい》が流れはじめる。この前かすかに耳にした音楽は、たしかにこういうものだった。長唄《ながうた》というものだ。しかし、知っている程度で、やはり聞き慣れているとは言えなかった。

　板張りの床の中央で、仄香は長い袖《そで》と裾《すそ》を広げてひざを折り、指を合わせて深々と頭を下げた。泉水子がお返しに頭を下げると、穂高がぷっと吹き出した。

「いや、いいんだよ。たしかに見る人に向けたあいさつではある……見立ては、徳川将軍席へのお辞儀なんだけど」

　つまり、仄香は踊りに入っているのだった。無知をさらしてどぎまぎしていると、穂高はかたわらのいすに座るようにすすめた。

「この踊りは、江戸城大奥のお小姓が、新春の祝いごとに芸を見せるという筋書きでね。将軍席の視線は大事だよ。踊りは見られて磨かれるんだ。『鏡獅子《かがみじし》』は見たことがなかった？」

　浅く腰かけながら、泉水子はうなずいた。

「ええ、一度も」

「もともとは能の『石橋《しゃっきょう》』の流れをくむ、歌舞伎の演目だけどね。能ならもう少しくわしい？」

「いえ、そちらもぜんぜん……」

　話にもならないと思われるかと、泉水子は気にしながら答えたが、穂高は少しも態度に出さなかった。よく慣れている様子で、ものを知らない相手に解説した。

「正月にはお神楽《かぐら》に獅子舞《ししまい》があるでしょう。あの獅子とも同じルーツを持つ、日本の芸能の根底にあるものだよ。もともとは大陸からわたった芸人が演じたようだが。遊芸人が、季節ごとに村をわたり歩いて、門《かど》づけにめでたい芸を披露して生きていたんだ。神事にかかわる、けれども卑しまれもする、そういう人々の中から、能も生まれてきたし歌舞伎も生まれてきたんだよ」

（……昔は全国をわたり歩いたという話を、よく聞くような気がする）

　泉水子はなんとなくそう考えた。廃絶する以前の山伏はそういうものだったと、雪政が話していたし、陰陽師《おんみょうじ》もそうだったと真響が言った。だが、芸能を糧にする人々が旅人だったというのは、一番しっくりくることであり、思い浮かべるのも容易だった。

　考えこんだ泉水子の注意をうながすように、穂高は話をもどした。

「仄香が踊っているのは、『春興鏡獅子《しゅんきょうかがみじし》』の前半だよ。恥ずかしがりの可憐《かれん》なお小姓が、将軍の前で見せる踊り。このお小姓に、後半、獅子の精がとり憑《つ》いての変貌《へんぼう》ぶりが歌舞伎の見どころで、女の子では体力がもたないほど大技なんだけどね」

可憐だというのは泉水子にもうなずけた。仄香の身ぶりは、ふだんの彼女にはどこにも見られない、思い切った女らしさであふれていた。長い袖を振り返す動き、中腰でひねって止める体の動き、小さく動かすあごの先。かわいらしく無心で、そうする自分にてらいがないように見える。しばらくのあいだ素手の身ぶりで踊った後、仄香は扇を手にとって再び床の中央に臨んだ。

泉水子も扇をもった経験はあるので、仄香の手首の返しに思わず見とれた。ひらひらと花びらが散るように扇が動き、こんなこともできるのかと見入ってしまう。いつのまにか、仄香を見ているということさえ忘れたあたりで、穂高が音楽を止めた。

われに返った泉水子は、仄香が息をはずませていることにびっくりした。中腰のゆるやかな動きがきついことは、泉水子にも覚えがあった。こうした舞踊は、はたから見るよりずっと筋力を使うのだ。身につけたかつらや衣装が、いつもならあり得ない重量を加えることは言うまでもなかった。

穂高はなにげない口調だったが、評価はにべもなかった。

「合格点にはほど遠いね。細かなところがおざなりだよ。よけいな力みも入っている」

「はい……わかります。まだまだです」

仄香はすなおにうなずき、額の汗を押さえてから、やや照れたほほえみを浮かべて泉水子を見やった。

「どう思った?」

泉水子は、まだはっきりとつかめないまま言った。

「ええと、不思議でした」

「不思議って、どんな?」

「如月さんに見えないので……」

仄香はにっこりした。

「ハーフに生まれたくせに、どうしてここまでするんだろうと思ったでしょう」

言い足りなかったことに気づき、泉水子は弁明した。

「そういうつもりで言ったんじゃなくて。あの、引きつけられて、だれが踊っているかと考えなくなっていたんです」

「鈴原さんには、江戸のお小姓に見えたというなら、仄香の勝ちだね」

気持ちのいい笑みを浮かべて、穂高が言った。

「将軍様の心を動かしたなら、どんな演技であろうとね。芸能は、見る人と見られる人の関係で成立するんだ。双方の共同作業だとも言える。だけど、もちろん、より多くの観客が心を動かすことに、その真価がある。場を動かす力にまでなるのだから」

仄香は、先輩が言ったことをかみしめている様子だったが、やがて言った。

「わかるような気がします。大勢が見ている舞台はまた別だもの。そういう場所で踊ってはじめて、どうして踊りを選んだか、自分でもはっきりする思いがしたから」

「そういうもの……ですか」

泉水子には想像できなかった。舞台に立つことほど、泉水子から遠いポジションはなかったのだ。いつだって、だれにも見られないことを確認してから舞っていた。

仄香は泉水子を見つめてうなずいた。

「だって、考えてもみて。見る人がいるから身ぶりがあるものだし、聞く人がいるから歌が生まれてくる。伝えたい気持ちがあふれてこそ、体の表現が出てくるわけでしょう」

それなら自分は、今まで山頂で何をしていたんだろうと考えこんでいると、穂高が口をはさんだ。

「でも、仄香も、最初のころは迷っていたね。そう言い切れるようになるまでは」

「だって、私、これだけハンデがあるんだもの。どれほど好きだったとしても、これが私だと思えるようになるまでは、けっこう大変でしたよ」

師匠に答えて、仄香は続けた。

「私から見れば、鈴原さんはずいぶん恵まれているものよ。その髪も目も、育ちもみんな。伝統舞踊にふさわしい姿で、素養もたくさんある。あとは自然に、自分を出せるようになるだけでいいんだから」

髪と言われて、思わずお下げ髪にさわってから、泉水子は容姿への自信のなさを再び思いやった。

「それが難しいんです、わたしには」

「お神楽が舞えるんでしょう、鈴原さん」

さらりと言ったのは、穂高だった。泉水子はびっくりして彼を見やった。仄香にもそう言ったおぼえがないのに、穂高が確信をもっているような口ぶりだったからだ。

「扇をもってみる？　さわりだけでも見てみたいな」

「とんでもない」

あわてて泉水子はかぶりをふった。

「わたしの場合、舞になんかなっていないんです。とても人前でできるものじゃなくて」

「そう？　舞いたそうにみえた」

穂高が扇子の一本をさしだすので、泉水子ははずみで受け取ってしまったが、それをどうこうしようとは思っていなかった。

「とても無理です。見せられるものになっていません」

「きみがそう思っているのは、本当は薄皮一枚のことなんだよ。その下には、別の気持ちが隠されているはずだ。なぜ、だれにも見せられないの？　笑われるから、ばかにされるから？　それとも、自分はこういうものだと自分でも知りたくないから？」

穂高は強い口調で言ったわけではなかった。泉水子には返事も求めない様子で、言いながら立ち上がった。

「舞台に立つのは、きみには簡単なことのはずだよ。強く閉じこめたものほど、反転する力も大きいのだから。仄香ときみは同類だよ。舞踊に打ちこむ人間に、身ぶりの目的がわかっていないはずはないんだ」

穂高はそのまま中央の仄香に歩みより、振りの一つ一つを指導しはじめた。音楽をかけなおし、仄香に並んで踊ってみせる。仄香も真剣な表情で師匠に続こうとするが、弟子との力量差は歴然としていて、不案内な泉水子でも見てとれた。どうかすると、振り袖《そで》を着た仄香よりも穂高のほうが、鮮やかに娘らしいのだ。

彼はどうして他の男性とちがって見えるのか、踊る姿を見ると少しだけわかった。舞台にいること、見られることに鍛えられていて、同じような透徹した目を相手に向けるからだ。だから、せちがらい自意識がわいてこないのだった。

閉じた扇を手にしたまま見守って、泉水子はぼんやり考えた。

（どうして、知っているんだろう……わたしが舞いたいと思っていたこと。このあいだから、ずっとそれが頭にあることを。如月《きさらぎ》さんもだけど、穂高先輩がどうして……）

彼らは口にしないが、泉水子が丘でひとりで歌った歌を聞いていたのではないかと思えてきた。そんなことでもないと、ここまで言われる理由がわからなかった。だが、今はそれを気にしても意味がなく、そこから生じたきっかけをどうするかは、自分次第なのだと考えた。

(今まで、こんなふうに言ってくれた人はいなかった。だまされたつもりになって、その気になれば、わたしも人前で何かできるだろうか。人目が怖いと思うことなく、見る人と見られる人の関係がもてるだろうか……)

内気の壁を破る手段として、芸能を考えたことはこれまで一度もなかった。けれども、いつか自分の殻に立ち向かうときがくるなら、舞がその突破口になってもおかしくはなかった。舞いたい気持ちはあるのだから、見せたくないというこだわりさえ捨てればいいのだ。

こんな自分をどうにかしたいという思いは、絶えずもっていた。どんな場所にいてもだれよりも無力に思えて、萎縮《いしゅく》ばかりしていた。だが、泉水子にも進んで開く道がないわけではないのだ。

灰香の稽古《けいこ》が終わるころには、泉水子も決心がついていた。

「やってみます……わたし」

＊　　＊　　＊

「あれ、どうして泉水子ちゃん来ないんだろう」

生徒会ニュースの字数を数えていた真響《まゆら》は、顔を上げて左右を見回した。

「おかしいなあ、用があるとは言わなかったのに。どこ行ったんだろう、知らない？」

「知るわけないだろ」

聞かれた深行《みゆき》は目も上げなかった。彼も記事の作成に苦心している最中だった。

「これは泉水子ちゃんに手伝ってほしいのよ。ちょっと、教室見てくる」

真響は席を立った。ようやく深行が顔を上げた。

「そのまま逃げるんじゃないぞ、宗田」

「何言ってるの。自分の分担をまず済ませなさいよ」

軽い足音をたてて真響が部屋を出て行き、深行がため息をついて記事にもどろうとしたときだった。いすを回してこちらを見た神崎美琴《みこと》と目が合った。会長職の引き継ぎを終えて、前ほど生徒会室へ来なくなっていた美琴だが、今日のように仄香が来られない日は、ときどき顔を出しているのだ。

「何か？」

深行が水を向けると、美琴は口を開いた。

「鈴原泉水子って、最初に相楽がつれてきた子だったよね。どういう子？」

「おれじゃなくて、宗田がつれてきたんですけど」

深行は迷惑げだったが、美琴は意に介さなかった。メガネのアームに手をかけて言った。

「きみが、宗田真響さんと並べて私たちに紹介したんじゃない。きみたち仲がいいんでしょう。馬術部の弟くんも含めて」

「そんなことないですよ。おれを抜かせば、その三人はけっこういっしょにいるみたいだけど」

　自分はちがうことを強調してから、深行は続けた。

「鈴原には、業務を割り振らなくていいですよ。もとから宗田のオプションなんです。一人前にこなす能力はもってませんから」

「見るからに、そんな感じなんだけどね……」

「見たまんまです」

　深行は会話を打ち切ろうとしたが、何を思うのか美琴は言った。

「私はね、相楽くん、あなたを一番買っているのよ。宗田さんもありがたいけれど、彼女のやる気って、どこへ向くかわからないところがあるし」

　元生徒会長を見やってから、深行は平然と受けとめた。

「知ってますよ。最初に声をかけてもらったことだし」

「わからないのよねえ」

　両手を組んで、美琴はため息まじりになった。

「八方美人が鼻につかないほど有能で、群を抜いている宗田のお嬢様。その彼女にくっついて、ずいぶん影の薄い鈴原さん。それなのに、あの子が宗田真響をしのぐものって、どこにあるんだと思う？」

深行はやや表情をあらためた。

「どういう意味です」

「納得がいかないの。どうしてあの子が選ばれたのか」

「選ばれたって、何に」

「じつはね、今日、鈴原さんがどこへ行ったか、私は知っているの。影の生徒会長からお声がかかったのよ」

ものうげに言う美琴に、深行は今度こそ表情をかたくした。声を低くしてたずねる。

「それなら、あれは、単なるうわさじゃなかったんですね。事実そういう立場の人物が生徒会にいるんですね。何のために？」

「さあ、何のためだか。学業に専念できないのに、在籍を続けているという事情はあるでしょうね。そして、本人は名を出したがらないけれど、たいへん影響力をもつ人物だということ。彼を影の生徒会長に押し上げているのは、きっと私たちのほう」

言葉をとぎらせて、美琴は髪をかきあげた。

「私は、自分がどうして会長に選ばれたか知っているつもり。ジーン・仄香の場合も、それなりにわかる。けれども、どうしてあの鈴原泉水子なのかわからないの」

「影の会長に選ばれた人間が、次の生徒会長になるんですか？」

深行の問いに、美琴はあいまいに肩をすくめた。

「言えるのは、彼に会った人間は女であれ男であれ、魅了されてしまうということよ」

＊　　＊　　＊

いざ、ホールの中央に立つと、泉水子はやっぱりためらってしまった。長年身にしみついたものは、そう簡単にひるがえせなかったのだ。

「すみません」

泉水子が力なく扇をもった手をおとすと、穂高は意表をつくことを言った。

「鈴原さん、お化粧したことある？」

「いいえ」

「そうじゃないかと思った。それなら、仄香のように少し化粧してみたらどうかな」

泉水子はまばたきして穂高を見やった。

「どうしてですか」

「舞台化粧には意味があるんだよ」

穂高はにっこりし、当然という口ぶりだった。

「女の子なら、きれいになりたいと思うでしょう。けれども、化粧には別の意味もある。顔を彩ることはまじないに近いんだ。面をつけることも同じ効果だけど、人は顔がちがうとちがう境地になれるんだよ。ふだんできないこともできるようになる。他人に見せる顔というのは、それほど大事なものなんだ」

仄香がうなずいた。

「そうかもしれない。鈴原さん、素のままでなく、ほんのちょっと意識の切り替えが必要なんだと思う。初めてお化粧するなら、きっとずいぶん効果あるよ。私だって、踊りの衣装をつけるとちがう自分になるって、いまだに実感しているもの」

泉水子には、簡単に信じられないことだった。

「そんな……それで舞えることなんてないと思います。だいたいわたし、お化粧なんて似合わないし」

「いいから来てみて。隣に私の化粧ポーチがあるから」

仄香は強引に泉水子を小会議室へつれていった。ここで着付けをしたようで、仄香の荷物が会議机に広げられ、移動式のホワイトボードにハンガーで制服が吊《つる》してある。

「そんなにおかしなことはしないから、心配しないで。衣装もないのに、あなたに白塗りにしろとは言わない。気持ちだけ口紅をぬって、眉《まゆ》をつくっておくだけ。本当に気分を変えるため程度よ」

とうとう説き伏せられ、泉水子も応じることにした。泉水子の眉をととのえながら、仄香は吟味するように言った。

「鈴原さんって、大事に育てられた人の感じがするね。化粧して他人に差をつけようなんて、思ったこともなくすんでいたんでしょう。髪をそんなに長く伸ばしているのも、同じ感じ。そんなに性格がおとなしいのは、何でも他の人がやってくれていたから？」

「そんなにいいことないですよ。わたしって、わりに放っておかれて育ったんです。山奥だったし」

泉水子は答えたが、考えようによっては、何もかも人まかせだったかもしれないと、こっそり思いなおした。自主性が育たなかったのは事実だ。

「お化粧をおぼえるのは、悪いことじゃないよ。なりたい自分に近づく道の一つにはちがいないから。鈴原さん、その気があれば、化粧映えする顔だと思うな。もう少し手を入れて、よそに強気に見せてもいいと思う」

紅筆でくちびるをなぞられるのは、落ち着かない気分のするものだった。相手が手をとめたのを見はからって、泉水子はたずねた。

「穂高先輩は男の人なのに、どうしてお化粧にくわしくなったんですか？」

仄香は笑い出した。

「鈴原さん、本当に歌舞伎を知らないのね。隈取《くまど》りの化粧を知っている？　歌舞伎役者さんは、自分で役どころの顔をつくるの。だれかにやってもらうんじゃないの」

「はあ……」

「一回、先輩の舞台を観にいくといいよ。きっと、いろいろなことがわかるから」

仄香は少し後ろに下がって、泉水子の顔を点検した。

「やりすぎは禁物だから、このくらいでいいかな。ちょっと手を加えただけでずいぶんちがう。うん、別人になった。先輩のところへ行こう」

多少の不安とともに泉水子はホールにもどったが、壁の鏡に映った自分を見て、やはりびっくりした。赤いくちびるをして眉を描いた自分は、まったく見慣れない顔になっていた。

（これ、わたし……？）

「女の子は簡単に変われるね。たいしたものだ」

穂高もそれを見て言った。仄香は、自分が褒められているように得意そうだった。

「衣装があったら、もっと変身させてあげられたのに。鈴原さん、それだけの髪の長さがあれば、自前で島田でも結えそうなんだから」

「いや、十分だよ。十分舞台に立つ女の子になっている」

泉水子に扇をわたして、穂高が言った。

「気持ちを自由にしてごらん。きみにはもう、見られるための顔があるんだから。私と仄香の二人くらいは、観客としてとるに足らないはずだよ」

泉水子は、鏡の中の口紅の赤さをもう一度見やった。

（これがわたしの、見られる人の顔……）

たしかに少しずつ、自由に舞えそうな気がしてきた。いつもの泉水子ではなく、鏡の中の女の子が舞えばすむことなのだ。他人のような女の子が、扇をもって進み出る。息をよくととのえ、穂高と仄香に見てもらうための舞を舞おうとした。

（すぐに無心になれるだろう。前のように……）

そう思ったとき、ふいに息がつかえた。

見られるための顔もなく、素のままで、人前で舞ったことが前に一度だけあった。

そのときのことを、なぜこの瞬間まではっきり思い出さずにいたのか不思議だった。けれども、まざまざとよみがえるものだった。玉倉山の山頂に和宮《わみや》がいて、深行がいた。

突然泉水子は、何をしているかに気がついた。自分がどうしてももう一度舞いたいと願ったか、これほど熱心に努力しているのか――

天地《あめつち》の寄り合ひの極《きは》み
　玉の緒《を》の絶えじと思ふ妹《いも》があたり見つ

歌うことはできなかった。足拍子《あしびょうし》が動かなかった。

「ごめんなさい。できると思ったけれど、やっぱり、だめなんです。ここでは舞えない…

…」

言いながらも、さすがに気まずくてならなかった。二人にあきれられているのが手にとるようにわかった。泉水子は小声でつぶやいた。

「わたし、きっと、玉倉山でないと舞うことはできないんです……」

穂高はしばらく思案している様子だった。だが、泉水子に近寄ってきたときには、思いやり深い口調だった。うつむいた泉水子の前で身をかがめ、彼は言った。

「そんなにすまながる必要はないよ、別に何かをしくじったわけじゃない。きみの故郷の舞を披露してくれなかったからといって、失望するのはこちらの筋ちがいだ。ただ、もう少しで何とかなったように見えたから、ちょっと残念に思うだけだよ」

泣きたい気持ちになってきて、泉水子は声がふるえた。

「見せられる人になりたいんです。それは本当にそう思っているんです。なのに、わたし……」

また少し考えてから、穂高は静かにたずねた。

「鈴原さん、髪を解いてみる？」

佐和《さわ》に戒められたことは、今でも泉水子の頭にあった。だが、それも、どうでもいいことのような気がしてきた。雪政が、泉水子は学園でまだ何をしたわけでもない、故郷の霊山を離れて、能力を発揮できるかどうかわからないと言ったことを思い出す。他で何もできないのなら、髪を解こうとどうしようと関係ないではないか。

穂高に答えようとしたときだった。ホールの入り口で声がした。

「鈴原」

ふり向くと深行が立っていた。

「何してんだ、こんなところで」

泉水子は、目をぱちくりさせて深行を見つめた。

深行は、いくらか息を切らしていた。とりつくろうまもなく声をかけたようで、走ってきたままに髪が乱れている。

ホールにいた三人は、一瞬言葉をなくして入り口の深行を見つめた。ただの生徒が顔を出したことが、今はひどく場ちがいに見えた。泉水子は深行の姿を見た瞬間、舞台の生み出す力がしぼんだのを感じた。日常に引きもどされ、もはや化粧も役には立たなかった。そうなって初めて、自分がどれだけ特殊な場にいたかに気づく。

「相楽」

ようやく仄香がたずねた。

「いったい何の用。ここへ来るようだれかに言われたの？」

「えっ、そこにいるの如月会長ですか？」

深行は逆に驚いて聞き返した。仄香の振り袖《そで》姿を初めて目にしたのであれば、少々無理もなかった。仄香はむっとしたようで、それ以上口をきかない。深行も先は略して、視線を泉水子のかたわらにいる穂高に向けた。

「村上《むらかみ》穂高先輩ですね」

「きみは？」

「失礼します。執行部一年の相楽深行です」

まっすぐ穂高を見つめたまま、深行は歩み寄ってきて対峙《たいじ》した。一年にしては長身なので、背の高さはほぼ互角だ。

「わけを聞こうかな」

穂高は穏やかに言ったが、喜んでいないことは明瞭《めいりょう》だった。深行もそれを承知しているだろうが、一歩も引く様子がなかった。

「先輩、鈴原のことを知っていましたね」

質問ではなく断定口調だった。穂高は碧《あお》い着物の肩をすくめた。

「いけないことかな。これでも私は判定者のひとりなんでね。ことわっておくが、審神者《さにわ》の力をもっているということだよ」

（審神者っていったい……）

穂高は泉水子の何を知っていたというのだろう。術者と関係ない世界だと思っていたのに、そうではなかったのだろうか。

(まさか、姫神のことを知っていた……穂高先輩が？)

深行の口ぶりはそう匂わせていた。どう考えたらいいのかわからず、ぼうぜんと立っているだけになったが、泉水子が一番わからないのは、ここに深行が現れてそう述べることだった。

深行は穂高の言葉をそのまま受け流した。どちらかというと聞く耳もたずで、切り口上の勢いで言った。

「何でもいいですけど、鈴原におかしな強制をするの、やめてもらえませんか」

穂高は着物の袖に腕をさし入れ、相手を見つめた。この生意気な顔をした下級生を、どの程度にあしらうか迷う様子だった。

「執行部だと言っていたな、きみ」

「これで生徒会を追い出されるなら、べつに追い出されてもいいです」

「不作法がわかっているならいいと言いたいところだが、きみのしていること、だいぶ失礼だよ。私にとってもだが、鈴原さんにとっても」

「急いでいたもので」

穂高の笑みが、冷笑に近いものになった。

「この場を阻止する権利など、きみにはあるの？」

深行は初めてためらった。返答に間があいた。

「……あると思います」

「うそ」

思わず泉水子は声を出してしまった。深行が顔をしかめてこちらに目を向けた。

「パートナー枠だろ」

「関係ないって言ったくせに。態度悪かったくせに。話しかけるなって言ったくせに」

「ああ、言ったよ」

泉水子がけんめいにふりしぼった言葉に、深行も言い返した。

「だからって、どこに顔をつっこんでいるんだよ。おとなしく雪政のところへ行ってりゃいいだろう。だれがどこでどんな思惑をもっているかもわからないというのに、魂胆がわかっているぶん、まだしもあいつのほうがましじゃないか」

かっとなる思いで泉水子は声を大きくした。

「深行くんがそんなにへそ曲がりだから、こういうことになっているんじゃない」

それまで黙っていた仄香が、離れた場所でぼそっと言った。

「なによ、あなたたち……それって、痴話《ちわ》げんか？」

（どうして、これがそうなる……）

あまりの見当ちがいな言われように絶句して、泉水子は同じく絶句した深行と思わず目を見合わせてしまった。その瞬間に気がついた。

（ちがう、見当ちがいじゃない。これはわたしが一番言いたかったこと。わたしが一番破りたかった自分の殻だ……）

泉水子の中で何かがふっとゆるんだ。ゆるんでほどけていった。

同時に、泉水子の三つ編みがほどけていった。毛先のゴムをいつ取ったか思い出せなかったが、今の今までしっかり保っていたお下げ髪が、するすると勢いよくほどけていく。まるで髪が命をもっているかのようだった。

どんどん広がっていく髪に目を見はり、泉水子自身を含め、だれも対処できないうちに、ホールの照明が急に暗くなった。数秒間完全に消え、それからまたたき、絶え絶えの点滅をはじめる。突然様相の変わった室内に、どこからか戸外の緑の匂いのする風が吹きこんできた。あおられた泉水子の髪が左右に舞い上がる。

風に乱された髪で泉水子の顔が見えなくなった。お下げを解き放ってみれば、じつにたっぷりした髪の量だった。その長い髪をなんとか両手でかきやり、泉水子は天井でまたたく蛍光灯を見上げた。そして、ゆったりした口ぶりで言った。

「ここには、どうやら結界もないようだ。こんなところに呼び出されるのは意にそまないな。すぐもどるぞ」

はっとした深行が口を押さえてつぶやいた。

「やべ……」

「鈴原さん？」

仄香がささやくように呼んだ。気配のちがいを敏感にさとり、怯《おび》えたようだった。泉水子は仄香に顔を向けると、紅をぬったくちびるを細くひいてにっこりした。しかし、どことなく上の空のほほえみだった。視線はそのまま宙をさまよい、部屋を見回して、やがて穂高に向けられた。

しばらく見つめてから、泉水子は口を開いた。

「そなたには、遠い過去に会ったことがある。何百年か前、まだ山伏たちが日本の諸国をめぐり歩いていたころに。今でもわたしに会いたかったの？　それは、そなたが勘ちがいをしている。芸能の神はいつの時代も翁《おきな》であって、わたしではない。それに、判定者はそなたではない。選ぶのは泉水子だ」

穂高はがくぜんとした様子で見つめていた。くちびるを動かしかけたが、声にならないようだ。泉水子は、早くも関心をなくしたように彼から顔をそらし、今度は深行に向きあった。咲きほころんだ鮮やかな笑みには、泉水子らしさがかけらもなかった。

「相楽深行、今では名をおぼえた。この手をお取り」

ほほえんだまま自分の片手をさしのべる。少女の威厳に負けて、深行は手をさしだしていた。明滅する照明のもと、それが自然なことであり、自分までもが現実には存在していないように感じられる。姫神に遭遇するのは初めてではなくても、けっして慣れることのできないものごとだった。異様さはどこまでもつきまとった。

ふれた泉水子の指先は、細くひんやりとしていた。

手をとった深行にさらに身を寄せ、姫神はその目を平然とのぞきこんだ。声はささやくばかりに低くなっていた。

「そなたには、してほしいことがある。わたしを生じさせないで。泉水子を姫神にさせてはならない。わたしは、そのために過去を探っている」

「どういうことです」

深行は眉《まゆ》をひそめようとしたが、それも難しかった。間近にせまる姫神の顔立ちに見とれていたのだ。黒目がちの瞳《ひとみ》がいかにも悲しげで、露をふくんだ花の風情だった。

「まだ、間に合うかもしれない。このままでは人は滅んでしまうだろう。わたしがそうしてしまうだろう……」

泉水子は、気がついて顔を上げた。もう、室内に風は吹かず、蛍光灯のちらつきも収まっていた。

（あれ……時間がとんだ？）

いつのまにか深行と手をつないでいた。そのいきさつが思い出せないのだが、どういうわけか、当然のようにも思えるのだった。

深行が、穂高に向かって言っていた。

「では、協定を守ってもらえますね。そちらがだれにも明かさなければ、先輩には何も隠さないことにします」

「わかった。たしかに、秘匿のしがいはあるようだ」

穂高は答えていた。深行に対する不快感がいくぶん薄れ、和解が成立しているらしかった。

「それじゃ、つれて帰りますから」

深行に手を引かれて、初めてびっくりした。泉水子の知らないうちに話がついているのだ。何歩か足をはこんだが、これではいけないだろうと思いなおし、穂高に向きなおって頭を下げた。

「あの、ありがとうございました」

穂高は一瞬探るように深行を見てから、泉水子にほほえみかけた。

「私に相談したくなったら、遠慮なくまた来ていいんだよ。きみとだったら、学園に来たときにはいつでも会おう。パートナー付きで来るのではなく、きみひとりならばね」

泉水子は、穂高がそれほど気を悪くしていないことにほっとしたが、妙な具合ではあった。穂高もその隣の仄香も、態度に出さないようにしていたが、かすかに警戒しているようなふしがあるのだ。

しかし、記憶があいまいな身では、泉水子からあれこれ聞くのもためらいがあった。深行にうながされるままホールを後にしたが、先輩二人が見送っているのも、なかなか気のひけるものだった。

靴をはいてセミナーハウスを出てからは、もう、深行の手を取るわけにはいかなかった。頭もだいぶはっきりしてきて、この情況はあり得ないほどおかしいと意識できたのだ。

深行は何も言い出さない。たずねてみるしかなかった。

「わたし、何をしたの？」

ちらりと泉水子を見た深行は、大きくため息をついた。

「そうだったな。おまえは、思い出すのに時間がかかるんだっけ」

泉水子は説明を待ったが、深行は細かく言う気になれないようだった。二人は黙ったまま坂を下り、そのうちに林を抜けて馬場が見えてきた。

泉水子の髪は、まだ全部ほどけたままだった。そのことに気づき、深行から聞き出すことをあきらめた泉水子は、しかたなく言った。

「髪を編むから、先に行って。このまま出ていったら、みんなに驚かれちゃう」

深行に背を向け、泉水子は木陰で髪をとかしはじめた。小さな櫛《くし》と予備のゴムは、いちおういつも持ち歩いているのだ。

三つ編みは慣れたもので、たいして手間取ることではなかったが、なにしろ長さがあるため、もつれるとくしけずるのが大変だった。さんざん頭をふったような髪のもつれようなので、泉水子は少しいらだった。おぼえがないのでなおさらだった。

ふと気がつくと、深行はまだ後ろに立っていた。彼ならさっさと泉水子をおいて先に行くとばかり思っていたので、声がしたときにびっくりした。

「おれに期待するなよ、鈴原。自分でもわかっている……手いっぱいで、だれかをささえられる人間になれていないことくらい」

髪をとかし続けたまま、泉水子は背中で答えた。

「うん、知ってる。期待なんかしていない」

「この先に確信がもてないんだ。自分がどうすればいいかも、何に向いているかも。自分が山伏として生きていくのかどうかも」

深行が確約しないと言っていることは、泉水子にもわかった。その内容に、女の子がうれしがれる要素はひとつもない。それなのに、今はなぜか、やさしくなくても気にならなかった。飾らない本音で、深行がぎりぎりまで誠実に言っているならそれでよかった。

不安定で不確実な現在にいるのは、泉水子も深行も同じだった。共感はその部分にこそ存在するのかもしれなかった。

「わたしだって、先のことなどわからない。だれにもたよらずに、ひとりで歩けたらいいと思う。だけど、それでも……」

無理に言葉にしなくてもいいと思った。すでに行動で示されたことなのだし、お互いにそれはわかっているのだから。

(それでも、来てくれたよね……)

泉水子がふり返ったとき、先に目をそらせたのは深行だった。

「……鈴原。口が赤い」

まだ化粧顔だったことに、ようやく気づいた泉水子だった。しかし、舞台をはずれた場所で化粧に恥じ入るのは、本人ばかりではなかったとは意外なものだった。

＊　＊　＊

深行は、考えこみながら男子寮までもどってきた。

穂高が口にした「審神者《さにわ》」の意味を調べたところ、神霊の力の強さや本質、神託《しんたく》の真偽などをはかることのできる、霊的な鑑定士を指すようだった。言葉の意味としては、神降ろしをする庭のことであり、神楽《かぐら》の琴の奏者を指す場合もある。

(判定者のひとりだと言っていた……判定してどうするつもりなんだ)

芸能は深行にとって一番なじみの薄い分野で、歌舞伎などもさっぱりだった。しかし、どこかで山伏とも接点があるのだろう。術者ばかりが神霊に親しいわけではないということかもしれなかった。

（姫神が最後に言ったことは、どう考えたものだろう……）

泉水子に記憶がもどったら、当人の見解も聞かなくてはならないと思ったが、これもなんだかやっかいだった。姫神のふるまいを泉水子が思い出すことを考えると、妙にうろたえるものがある。

建物わきの非常階段に、カラスが数羽、段や手すりにとまっているのが目に入った。東京のカラスの多さは有名だったので、取り立ててめずらしいことではなかった。深行は、だれか食べ残しを放っておいたなと思った程度で、気にとめずに通り過ぎた。

ルームメイトの平岡《ひらおか》は、寝るときくらいしか部屋にもどらない生徒だった。仲が悪いわけではなく、深行とはお互い無干渉で気が合っている。散らかさないので助かるし、同室になって特に不満はなかった。このときも部屋は無人で、深行は中に入るなり窓を開けた。

さわがしい羽音とともに黒い影が飛びかかってきた。

「わっ」

深行は声を上げて窓から飛びすさった。猫より大きい何かに、襲いかかられる感じだったのだ。だが、カラスは窓枠にとまって両翼をたたみ、すまし返った。黒い羽は青みのあるつやで光り、丸い目はビーズのようにきらめいている。

深行がまじまじと見つめると、カラスも見返した。まずは右目で、くちばしを逆に向けて左目で。人をくったふてぶてしさに見え、深行はとまどった。

「飼い鳥か？」

「ちがうよ」

相手が答えた。今度こそ本当に仰天していると、カラスは言葉を続けた。

「一年ぶりだね。ぼくも、もう一度きみと話すときがくるとは思わなかったよ。こういうとき、ふつう、元気だったと聞くものかな」

口調と声音は、深行にも憶《おぼ》えのあるものだった。だが、心底たまげたので、口に出すにはもうしばらくかかった。

「……まさかと思うが、和宮？」

「おかげさまで」

「なんで、カラスなんだ」

「東京では、まだ、人間になるほど霊力を集められないから。これでも、やっと形になったところだよ。鈴原さん、まだまだ力を出し切れないしね」

深行はつばをのんだ。

「鈴原にくっついて来たのか」

「そりゃそうさ。来るのはとても簡単だよ。ただ、人間の目に見えるものになるのが難しいだけだ」

しぐさはいかにもカラスのものだった。窓枠にくちばしをこすりつけている。

「カラスでなくても、他に選択肢があったんじゃないか、もうちょっと」

深行は言ってみたが、和宮は気にとめなかった。

「どうして？　カラスはいろいろ楽だよ。神のお使いになりやすい特徴ってあるんだよ。それに仲間がたくさんいるし、人間のいるところに出入りしやすいし」

「鈴原は、もう知っているのか」

「いいや」

カラスは片脚の爪で翼の下をかいた。

「しばらく、このことは言わずに見守ることにする。鈴原さんって、動揺しやすいから。彼女のためには、本人に自信がつくまでそっとしたほうがいいんだ」

深行は顔をしかめた。

「それで、どうしておれならいいんだ」

「きみは、前にもぼくの姿を見ているじゃないか」

「殺されかけたけどな」

「小さいことを言うなあ、相楽くん」

せせら笑いで言われた。むっとしてしばらく黙ってから、深行は顔をそらせた。

「あいつの使い神なんだろう。あいつの力になることをしろよ」

「だからだよ」

黒い鳥は頭を上げ、なわばり宣言のようにカアと鳴いた。

「去年、お互いにむかついたことは忘れて仲よくやろう。きみと手を組むよ。まさか、きみがその立場を勝ち得るとは、ぼくも意外なくらいで、鈴原さんも、たぶん自分では知らないんだよ。人間の気持ちってわからないものだね」

（次巻へ）

【引用文献】
『図説日本呪術全書』　原書房
『新版九字護身法』　大八木興文堂
古事記　下巻　仁徳天皇
万葉集　巻第十一　二七八七

【参考文献】
『名山の日本史』　高橋千劔破著　河出書房新社
巻頭の『レッドデータ』の用語解説につきましては、ＥＩＣネット「環境用語集」より一部引用させていただきました。
http://www.eic.or.jp/ecoterm/

本書は二〇〇九年五月に小社より刊行
された単行本を文庫化したものです。

RDG2 レッドデータガール

はじめてのお化《け》粧《しょう》

荻《おぎ》原《わら》規《のり》子《こ》

角川文庫 17168

平成二十三年十二月二十五日　初版発行

発行者—井上伸一郎
発行所—株式会社角川書店
東京都千代田区富士見二—十三—三
電話・編集（〇三）三二三八—八五五五
〒一〇二—八〇七八
発売元—株式会社角川グループパブリッシング
東京都千代田区富士見二—十三—三
電話・営業（〇三）三二三八—八五二一
〒一〇二—八一七七
http://www.kadokawa.co.jp
印刷所—旭印刷　製本所—BBC
装幀者—杉浦康平

お 65-2　ISBN978-4-04-100054-0　C0193

角川文庫発刊に際して

角川源義

第二次世界大戦の敗北は、軍事力の敗北であった以上に、私たちの若い文化力の敗退であった。私たちの文化が戦争に対して如何に無力であり、単なるあだ花に過ぎなかったかを、私たちは身を以て体験し痛感した。西洋近代文化の摂取にとって、明治以後八十年の歳月は決して短かすぎたとは言えない。にもかかわらず、近代文化の伝統を確立し、自由な批判と柔軟な良識に富む文化層として自らを形成することに私たちは失敗して来た。そしてこれは、各層への文化の普及滲透を任務とする出版人の責任でもあった。

一九四五年以来、私たちは再び振出しに戻り、第一歩から踏み出すことを余儀なくされた。これは大きな不幸ではあるが、反面、これまでの混沌・未熟・歪曲の中にあった我が国の文化に秩序と確たる基礎を齎らすためには絶好の機会でもある。角川書店は、このような祖国の文化的危機にあたり、微力をも顧みず再建の礎石たるべき抱負と決意とをもって出発したが、ここに創立以来の念願を果すべく角川文庫を発刊する。これまで刊行されたあらゆる全集叢書文庫類の長所と短所とを検討し、古今東西の不朽の典籍を、良心的編集のもとに、廉価に、そして書架にふさわしい美本として、多くのひとびとに提供しようとする。しかし私たちは徒らに百科全書的な知識のジレッタントを作ることを目的とせず、あくまで祖国の文化に秩序と再建への道を示し、この文庫を角川書店の栄ある事業として、今後永久に継続発展せしめ、学芸と教養との殿堂として大成せんことを期したい。多くの読書子の愛情ある忠言と支持とによって、この希望と抱負とを完遂せしめられんことを願う。

一九四九年五月三日

角川文庫ベストセラー

角川文庫ベストセラー